神奇的北极熊先生

之亚瑟的秘密

跟北极熊先生
成为最好的朋友的五大理由：

他真的很乐于助人……

他很擅长解决问题——他甚至不会说话！
所以令人惊讶。

他能给你最好的熊抱——尽管有时候会抱得

太紧，而且他的毛让人痒痒的！

他颠球可以颠三十九个耶！你能颠几个？

他真的非常有趣，总是让你微笑——

这也差不多是你从最好的朋友那里需要的全部，

不是吗？

图书在版编目（CIP）数据

亚瑟的秘密 / （英）玛利亚·法雷尔著；（英）丹尼尔·莱利绘；孙淇译 . — 北京：北京联合出版公司，2019.11（2025.12 重印）
（神奇的北极熊先生）
ISBN 978-7-5596-3744-4

Ⅰ . ①亚… Ⅱ . ①玛… ②丹… ③孙… Ⅲ . ①儿童小说 – 中篇小说 – 英国 – 现代 Ⅳ . ① I561.84

中国版本图书馆 CIP 数据核字 (2019) 第 214232 号

亚瑟的秘密

作　　者：[英] 玛利亚·法雷尔 丹尼尔·莱利
译　　者：孙　淇
选题策划：北京天略图书有限公司
责任编辑：龚　将 夏应鹏
特约编辑：钱凯悦
责任校对：杨时二
美术编辑：小虎熊

北京联合出版公司出版
（北京市西城区德外大街 83 号楼 9 层　100088）
北京联合天畅文化传播公司发行
北京盛通印刷股份有限公司印刷　新华书店经销
字数 40 千字　889 毫米 ×1194 毫米　1/32　6.25 印张
2019 年 11 月第 1 版　2025 年 12 月第 6 次印刷
ISBN 978-7-5596-3744-4
定价：24.00 元

神奇的北极熊先生

之亚瑟的秘密

[英]玛利亚·法雷尔◉著　　[英]丹尼尔·莱利◉绘　　孙淇◉译

北京联合出版公司
Beijing United Publishing Co.,Ltd.

目录

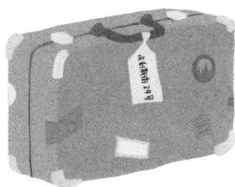

第1章

嘭！

又把我赶回了自己的房间。

今天本来是个好日子，却变成了坏日子，我被关在楼上，直到我弟弟平静下来。跟平常一样，利亚姆是出状况的那个；跟平常一样，我是被赶上楼的那个。依我看，这是百分百的不公平。有些日子我在楼上待了太长时间，长得我都以为爸爸妈妈忘了我的存在。

哪怕一次也好，我想和一个普普通通的家庭，一个普普通通的弟弟度过普普通通的一天。

亚瑟用铅笔使劲儿在纸上扎了几下，然后看了看时间，还有十分钟……

我需要利亚姆立刻马上平静下来，否则我就会错过电视上的市足球赛。要是我错过半决赛哪怕一秒钟，那我和这个家之间就永远完了。

亚瑟在"永远"的下面画了三道横线，然后合上了自己的日记本。日记本是来家里帮忙照顾利亚姆的那位太太这周送给他的。她说，亚瑟在里面写什么都可以，她保证没有人会看。亚瑟希望这是真的，他可不想让任何人知道自己的脑袋里究竟在想什么。

亚瑟看着时间一秒一秒地嘀嗒走过。还有五分钟半决赛就要开始了……

四分钟……

三分钟……

亚瑟想象着他喜爱的球队正走向赛场。还有两分钟，比赛开始的哨子就要吹响了。

"亚瑟，"妈妈在楼梯下喊道，"现在你可以下来了，足球赛就要开始了。"

"利亚姆要看吗？"

"当然，利亚姆要看。"

亚瑟抱怨了一声。他把日记本藏在一个非常秘密的地方，然后跑下了楼，最后五级台阶他一跃而过。利亚姆已经坐在电视机前了，离得那么近，鼻子都快贴到屏幕上了。他哼哼着，利亚姆兴奋时喜欢哼哼——有时候表示还好，但通常都表示不怎么好。

"嘿，利亚姆！" 亚瑟挪动了一下他的椅子，想躲开利亚姆的后脑勺，**"挪开点儿，可以吗？我什么都看不见了。"**

利亚姆不理亚瑟，更大声地哼哼起来。亚瑟确认了一下妈妈还在厨房，于是调大了电视的音量。慢慢地，房间里充满了人群中发出的 歌声、 掌声 和欢呼声。

声音越来越大。

比赛的气氛好极了。

"还有六天就要开始我们的趣味足球摄影比赛了，"播音员宣布道，"幸运的获胜者将会得到三张决赛门票。"

亚瑟叹了口气。为了赢得这些票，他愿意付出一切。他梦想有一天可以去看一场市级总决赛，可是他的父母永远都不会允许——因为那对利亚姆不公平。当然，亚瑟很想有一个跟自己合得来的弟弟——那简直是世界上最美妙的事——可那个弟弟绝对不会是利亚姆，因为利亚姆虽然也喜欢足球，但他讨厌陌生的地方，以及人群和噪声。亚瑟为此简直受够了！

亚瑟又把音量调大了一点儿。当球队队员们跑进赛场时，人群中爆发出

巨大的吼叫

和 雷鸣般的 掌声。

利亚姆把两手放在耳朵上，前后摇晃着，并且大声呻吟，想要压过那些声音。妈妈立刻走过来，拿走了遥控器。

"你在干什么，亚瑟？"她压低声音说道，一边对着电视猛按遥控器，直到声音几乎听不见为止，"你不想再让你弟弟难过，是吧？"

"可是我不想看没有声音的足球赛。我们总是不得不看

没有声音的电视，那根本没有意思。"

"当然有意思，其实没什么不同，你仍然可以看见里面在演什么。"

"*也许*我能看见电视里在演什么，"亚瑟抱怨道，"要是利亚姆不坐在屏幕正前面的话。不管怎样，我还是想听到在演什么，我不想整个过程都听利亚姆哼哼。我需要听到实况报道。"

妈妈在亚瑟面前蹲下来，握住他的手："你看，亚瑟，你得试着从利亚姆的立场来理解事情是什么样的。"

"总让我理解利亚姆的立场，那*我的*立场呢？"亚瑟想从妈妈手里抢回遥控器。

"停！"妈妈喊道，"够了。"

利亚姆开始哭起来，妈妈看着天花板叹了一口气。

"好吧,这下好了.**今天下午谁也别看球赛了**。"

妈妈关掉电视，走出房间，走进了花园。

亚瑟简直不敢相信。"全是你的错，"他恶狠狠地对利亚姆说，**"你可以告诉爸爸妈妈我已经受够了，我要离开这个家，再也不回来了。"**

利亚姆用手捂住耳朵，哭得**更大声**了。

亚瑟冲进自己的房间，从床下找出他的救生盒，又把他的幸运水晶塞进衣服口袋里，然后**咚咚咚**冲下楼，**嘭**地打开前门。他横冲直撞地从站在门口台阶上的北极熊身边跑过，冲向街道，能跑多快就跑多快。

他想离他的家，他的弟弟，还有他愚蠢的父母越远越好。他可不想让一头北极熊或别的什么东西拦住自己的脚步。

等
一
下！

慢
着！

停——！

亚瑟急刹车刹得太猛，他的运动鞋在人行道上划出了一道焦痕。一头北极熊？在他家门口台阶上？是他想象出来的东西吗？亚瑟使劲儿踩了一下自己的脚，看看自己是不是在做梦。**哎哟，疼！**

确实有一头北极熊——他百分之百确定！就在他家门口台阶上！**不可能啊！哇哦！**

亚瑟开始左右为难了。他想离家出走，可是也想去查看一下北极熊。它危险吗？会不会此时此刻正在攻击他的家人？自己在乎吗？亚瑟考虑了一会儿，最后认为他是在乎的。不管家人怎么让他气恼，他真的不希望他们被一头北极熊嚼碎。也许他可以晚点再离家出走？眼下看起来好像回家更重要。他转过身……

"哇啊啊啊啊啊啊啊啊啊啊！"

"呃呃呃呃呃！"

北极熊正站在离亚瑟很近的地方，近得亚瑟都能感受到它吹在脸上的冰凉呼吸，近得都能看见它亮闪闪的鼻子、黑夜一般的眼睛，还有巨大的爪子。那头熊朝他走了一步。

"哇啊啊啊啊啊啊啊啊啊！"

亚瑟又大叫起来，在空中挥舞着双臂。

熊用后腿站立起来，朝亚瑟挥了挥毛乎乎的大爪子。

太糟了，糟透了，比以前发生过的任何事都糟糕**两倍、三倍、四倍**。

亚瑟紧咬着嘴唇，把另一声尖叫憋了回去。他好想知道自己的救生盒里有没有可以派得上用场的东西。他的鱼钩和鱼线？耳塞？点火工具？他确信火可以吓跑一头北极熊，可是他既没有树枝也没有干草，怎么才能点着火？亚瑟站在那儿，好像一尊雕像。

熊也站在那儿，好像一尊雕像。在亚瑟一动不动的身体里面，他的 ♥ 却在怦怦乱跳，在他一动不动的头里面，大脑却在飞速运转。亚瑟觉得他最好看起来友好一点儿，于是便对北极熊点了点头，并露出微笑。北极熊也朝亚瑟点了点头，露出又长又尖的牙齿。

亚瑟怕极了。他绞尽脑汁想计划，可是他不太擅长做计划，而且也从来没做过跟北极熊有关的计划。他决定趁熊不注意时，嗖一下从它旁边跑开，跑回家去。这算不上什么了不起的计划，却是他能想到的最好的计划。麻烦的是，他不太确定怎样才能让熊不注意。

亚瑟盯着地面，熊也盯着地面。

亚瑟望向天空，熊也望向天空。

有了，亚瑟想。他用手蒙住眼睛，当他透过指缝往外偷看时，他看见北极熊也用爪子捂住了自己的眼睛——亚瑟非常确定它没法透过爪子往外偷看。

这是亚瑟的机会。

趁熊看不见，他得赶紧逃命。

他蹑手蹑脚地从熊旁边走过，然后撒腿以百米冲刺的速度跑开了。他没有停下来往后看，他害怕听见那巨大的爪子

啪嗒，

啪嗒，

啪嗒啪嗒

紧跟着他的声音。

他径直朝家里冲去，能跑多快就跑多快。他冲进房子，嘭的一声关上门，咔哒一声锁上了门锁。他斜靠在门上，呼呼地大口喘气。

"亚瑟，是你吗？"爸爸从客厅门里探出头来问道，"你去哪儿了？"

"我离家出走了，"亚瑟气喘吁吁、上气不接下气地说，"永远。不被任何人发现。"

爸爸皱着眉点了点头："很高兴你已经决定回来了。"他深深地叹了一口气，"我知道今天很糟糕——我完全理解——可是离家出走不是办法，真的不是。抛开别的不说，离家出走是不安全的。"

"太对了，不安全，"亚瑟说，"外面有一头北极熊正

四处溜达呢。"

爸爸轻声笑了："很好，亚瑟！趴在冰山上漂到这儿的，是吗？我说，足球赛的事我很遗憾，或许稍后咱们可以看看精彩片段集锦。北极熊，呢？"爸爸摇了摇头，重新回到了客厅，"不会有人因为你想象力糟糕而指责你的。"

亚瑟根本不在意足球赛了。他有**更大**的事要操心——而且那不是他想象的。要是熊又走回他家门口的台阶该怎么办？现在它已经熟悉亚瑟的气味了，谁知道它会做出什么事？他在口袋里摸来摸去，想找他的幸运水晶，却没有找到。他又拍了拍另一个口袋——他的救生盒也不见了。哦不！一定是在他狂奔时掉出去了，现在他的两件最珍贵的财产也许正躺在外面的街道上——跟一头熊在一起。今天还会变得更糟吗？

门铃突然响了，一声，两声。亚瑟僵住了。

"你能去看看是谁吗？"妈妈喊道。

"可如果是熊怎么办？"

"别傻了，亚瑟，这附近根本没有熊。"

亚瑟听见妈妈和爸爸在大笑，这让他更加恼火了。

他盯着门口，想赶紧确定自己到底该怎么做。"谁啊？"他喊道。

没人回答。

他小心地掀开信箱盖，想偷偷朝外看看。他刚把眼睛凑过去，就猛地向后跳开了。从信箱口塞进来了——就在他眼前——一个

长长的
毛茸茸的
鼻子。

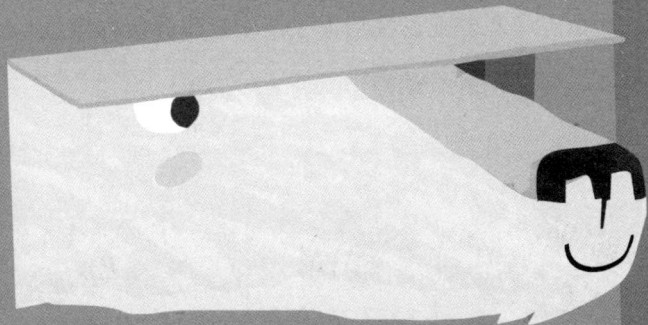

亚瑟张开嘴想大叫，却没有声音出来。他想走开，脚却像粘在了地板上。

过了几秒钟，鼻子不见了。除了亚瑟怦怦怦的心跳声，一切都很安静。亚瑟决定冒险再看一眼。他弯下腰，透过信箱口偷偷往外瞧，然后他难以置信地眨了眨眼睛：那头北极熊正趴在外面的地上，用黑黑的大眼睛盯着门口，一只爪子放在亚瑟的救生盒上，另一只爪子抓着一个棕色的旧手提箱，上面用白色字迹写着一个名字：

北极熊先生

亚瑟皱起了眉头。北极熊先生？就是这头熊吗？它拿着亚瑟的救生盒在干吗？亚瑟往后退了一步，想弄明白是怎么回事。这时，他听到门外有动静。

嘭嘭　　**嘭嘭**　　**嘭嘭**

亚瑟尽力让自己不害怕。

"是谁啊？"爸爸在客厅里喊道。

"呃……"亚瑟几乎说不出口"北极熊"几个字了，爸爸刚才就不相信他，现在也不会相信的。

嘭嘭

嘭嘭

嘭嘭

这次声音**更大**了。

亚瑟不知道该做什么。他惊恐地看到两只长长的黑爪子从信箱口滑了进来，接着，当他的幸运水晶从那两只爪子里滚落，仿佛一件象征和平的礼物掉到门垫上时，惊恐又变成了惊奇。两只爪子不见了，信箱盖也啪嗒一声关上了。亚瑟捡起他的幸运水晶，拿在手里转动着。他忍不住想到，也许熊想告诉他什么事吧——或者至少是想成为朋友。要是亚瑟把门打开，只打开一点点，没准儿熊还会把他的救生盒还给他呢。

亚瑟颤抖着打开门锁，拧开门把手。突然嘭的一声门打开了，亚瑟被撞得贴到了墙上。这头熊一定是斜靠在门上的！半吨重的巨大北极熊跌进了门厅，扑通一声倒在地板上，手提箱和亚瑟的盒子也跟着散落到了地板上。

熊爬起来，大叫了一声，接着开始呻吟。它拖着一只爪子，看起来好像受了伤。

"外面出了什么事？"妈妈喊道。

亚瑟从门后他被挤扁的地方挣扎出来，他可不能让妈妈搅进来。他一边盯着熊，一边回答道："我……呃……踢到了脚指头，然后把我的东西弄掉了，我现在正收拾呢。"

亚瑟慢慢地靠近熊，蹲下来检查它的爪子，看见自己的鱼钩扎进了熊的一只黑色爪垫里。亚瑟挠了挠头，他不能让熊爪子里插着鱼钩就把它打发走，那实在太残忍了。他得做点什么才行。

当熊用鼻子使劲推鱼钩时，它又呜咽起来。

"没事，"亚瑟小声说，"我会帮你把它弄出来的。"

熊眨了眨眼睛，向前探出脑袋，直到它凉凉的黑鼻尖碰到了亚瑟的鼻尖。亚瑟尽量保持着平静，他其实并不害怕，只不过这是他第一次跟一头北极熊碰鼻子。

第2章

嘘嘘嘘嘘嘘嘘！

"你得安静，"亚瑟说，"要是我家人发现屋里有一头熊，他们会疯掉的。"

熊眨了眨它的黑眼睛。

"你到底在那儿干什么呢？"爸爸在客厅里喊道，"谁在门口？"

"没什么……没人。"亚瑟双手交叉着背在身后。他不喜欢撒谎，可除此之外他能做什么呢？无论从哪个角度看，一头熊待在房子里是 **100%** 会引起麻烦的。利亚姆今天已经够糟糕的了，一团糟里再加进来一头熊绝对于事无补。

要是亚瑟打算帮这头熊，最好的办法是悄悄带它上楼，去自己的房间，把钩子从它的爪子里拔出来，再神不知鬼不觉地把它送回屋外。不过做这些可不容易——也没法悄无声息。

亚瑟示意熊待着别动，然后他走进了客厅。妈妈和爸爸正在看利亚姆用乐高积木建造怪兽宇宙飞船。亚瑟要做的就是弄出吵闹声，分散他们的注意力，他好趁此机会带着北极熊上楼。他本来想踢利亚姆的飞船，可那似乎有点儿残忍。

"那么没有熊喽？"爸爸笑着说道。

亚瑟眯起眼睛，**"其实，有一百头熊，"**他用自己最最恐怖的声音说道，**"它们正想进来吃掉你们呢。"** 他伸出两手装作爪子，**用最大的声音吼叫着**。利亚姆害怕地**尖叫**着跳起来，撞掉了他正在建造中的宇宙飞船一侧的机翼。现在好了，不缺少吵闹声了。

"你干吗非得跑来搅和？"妈妈说，"利亚姆玩得正高兴呢。"

"立刻回你房间，"爸爸说，"准备好道歉了再下来。"

亚瑟闪电般地快步离开了客厅，**嘭**的一声关上了身后的门。

这是他人生中仅有的一次不在乎被训斥。

他抓起熊的手提箱，指了指楼梯，然后把手指放在嘴唇上，示意熊跟上他。

亚瑟不知道
熊能不能从墙和楼梯扶手中间
挤过去
——也不知道楼梯会不会在它的重压之下**坍塌**。

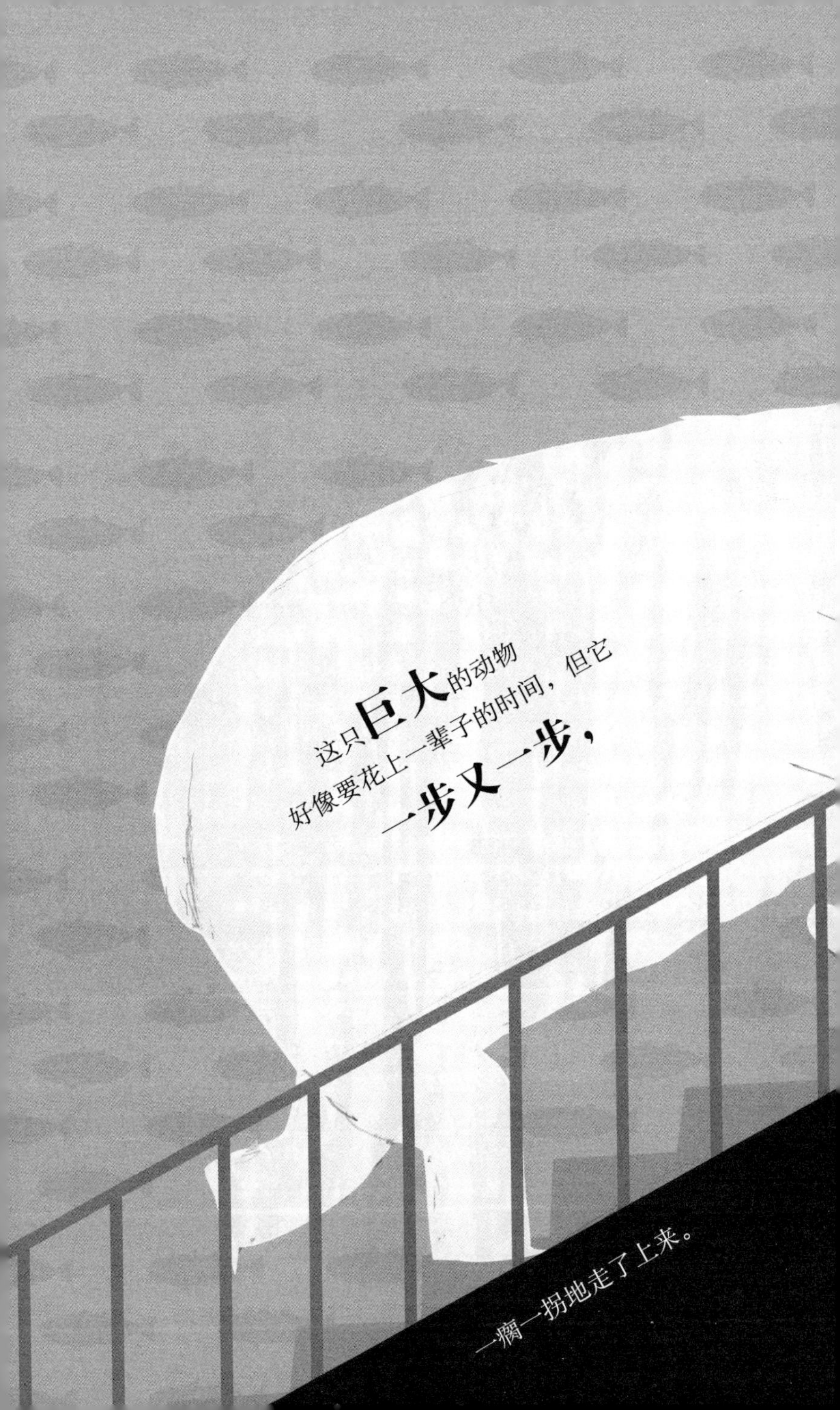

这只**巨大**的动物
好像要花上一辈子的时间，但它
一步又一步，
一瘸一拐地走了上来。

亚瑟终于将它带到自己的卧室门口，把它推了进去。

呼！

北极熊**巨大**的身体填满了房间的每一寸空间，几乎没有亚瑟可以挪脚的地方了。亚瑟咬着嘴唇，皱起了眉头。这真的不好玩儿——他的房间里，有一头活生生的北极熊，他根本无路可逃。他肯定是**疯了！**亚瑟从北极熊旁边**挤过去**，爬上床，把破旧的手提箱放在了枕头上。

"是你的吗？"他问。

熊眨了三下眼睛。

"你的名字是北极熊先生？"

熊又眨了三下眼睛。

"哦，好吧，我的名字叫亚瑟——亚瑟·马洛——

如果你想知道的话。"在拔出鱼钩之前，特别是看到北极熊先生爪子的长度时，亚瑟想，最好对他亲切友善点儿，"现在咱们得让你的爪子好受些，那样你就可以去你想去的地方了。"

北极熊先生垂下了头。亚瑟很想知道北极熊要去哪里——他看上去从北极出来走了很长很长的路，尽管这个问题和亚瑟没什么关系。

"好吧，"亚瑟说，声音听起来比实际要勇敢些，"给我看看你的爪子。"亚瑟指了指北极熊先生的爪子，并伸出了自己的手。

北极熊先生疑惑地看了看亚瑟，然后抬起了他的爪子。

"这就对了。"亚瑟说。他很高兴这只鱼钩不是那种带着邪恶倒钩的。他开始轻轻地往外拉鱼钩，北极熊先生发出了一声低吼。亚瑟停下来，颤抖着吸了一口气。

"恐怕会有一点儿疼，而且对我吼也没什么用。我只是想帮你。闭上眼睛——妈妈总是说看不见的话会好一些。"

北极熊先生把鼻子放在亚瑟的膝盖上，然后紧紧地闭上了眼睛。这次亚瑟决定用速战速决的策略，于是他尽可能快地拔出了鱼钩。

"看！出来了！"他举起了鱼钩。

北极熊先生睁开眼睛，检查着他的爪子，然后他收紧嘴唇，露出了一个——亚瑟希望那是一个——微笑。

"好，很好。那么，很高兴认识你。要是你愿意跟我下楼，我会送你出去的。"

亚瑟开始从床上一点点往下蹭，可是北极熊先生却舒展四肢，平躺在地板上，完全堵住了卧室的门。

亚瑟咽了口唾沫。

"你得动一动，北极熊先生，你不能待在这里。你没有别的地方要去吗？"

熊没有动。

"不是我不友好，"亚瑟说，"可是你不知道我的家人……"

熊抬起脑袋，朝他的手提箱嗅着。

亚瑟看了看手提箱，也许那能给自己一点儿线索，比如熊是从哪儿来的，或者要往哪儿去。他把箱子翻过来，发现上面有一个小小的标签。

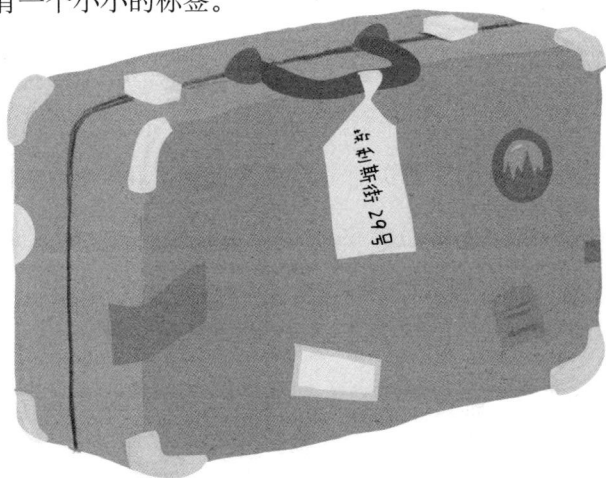

埃利斯街29号？ 这不是亚瑟家的地址吗？一头北极熊的行李箱上怎么会有亚瑟家的地址？亚瑟现在好奇极了。他打开箱扣，将盖子掀开一条小缝儿。一股臭味儿扑鼻而来，熏得他直流眼泪，他皱起鼻子，尽力屏住呼吸。

里面　有什么

再瞄一眼　别怕。

亚瑟慢慢地打开手提箱盖子，然后立刻用手捂住了嘴。

"呕！" 亚瑟觉得自己快吐了，"你知道你的手提箱里有一条死鱼吗？"

北极熊先生舔了舔嘴唇。

"哦不，**不，不，不！** 你不能吃！不可以在这儿——其实在哪儿都不行。我的意思是它快腐烂了，咱们得在爸爸妈妈闻到之前把这东西扔出去，不然它会把整座房子都熏臭的。"

亚瑟一只手捏住鼻子，另一只手拎起滑溜溜黏糊糊的鱼尾巴，他沿着床边挤过去，尽量不让臭鱼汁滴到他的羽绒被上。他打开窗户，伸出胳膊，想把鱼扔进花园里，这时北极熊先生突然猛地扑过来，还把亚瑟的床头灯撞到地板上摔碎了。熊从亚瑟手里抢走了鱼，用下巴紧紧夹住，狼吞虎咽地大嚼起来。

亚瑟听见爸爸扑通扑通走上楼的脚步声。

"你在里面干吗？"爸爸说，"还不下来道歉吗？"

亚瑟看见门把手在前后扭动，爸爸想要进来，可是北极熊先生的大屁股正好堵在门口，门根本推不开——连一毫米都不行。

"没事儿，爸爸——我马上就下楼。"

北极熊先生正忙着舔净地毯上最后一块鱼渣，亚瑟看着熊长长的蓝舌头，简直惊呆了。

"那是

什么可怕的臭味儿？是从你房间发出来的吗？"

尽管北极熊先生已经吃掉了最后一口鱼，这会儿正忙着舔地毯上成团的绿色绒毛，那股臭味依然非常强烈，亚瑟根本不能清楚地思考。

爸爸又嘭嘭地捶起了门："让我进去，我知道你肯定在弄什么东西。"

"我打不开，"亚瑟说，"门被堵住了。"

"好，那就不让它堵住。"爸爸嘟哝着，开始用肩膀重重地撞门，"好啊，小子，要是你不让我进去，那我们就不得不换个方式了。"

亚瑟很想知道爸爸要做什么。几分钟之后，当一架长长的金属梯子咔哒一声架到他卧室窗外的墙上时，亚瑟才终于知道了。他惊慌地朝四周看了看。他得把北极熊先生藏起来。

他掀起他的羽绒被盖在熊身上，尽最大努力把他盖严，可是羽绒被不够大，北极熊先生的大屁股可以从被子的一头看得清清楚楚，从被子的另一头还能看到他的鼻子。

咔哒，咔哒，咔哒，爸爸正蹬着梯子走上来。

北极熊先生轻声咕哝着，然后发出了一声刺耳的咳嗽。亚瑟希望这头熊不是打算把刚刚吃掉的烂鱼都咳出来。

咔哒，**咔哒，咔哒**。

最先露出来的是爸爸的头顶，然后爸爸的整张脸出现在敞开的窗口。亚瑟挥挥手，微笑着，假装在

读一本书。爸爸皱着眉往里看。他看了一眼——然后又看了一眼。

"那是**什么**？"爸爸说着，指了指从堆得像一座山似的羽绒被

下伸出来的毛茸茸的鼻子。

亚瑟还没来得及回答，北极熊先生就从地上抬起了头，喉咙里又发出了一声奇怪的声音，然后他猛

烈地咳嗽起来。一团鱼腥味的地毯毛飞向了敞开的窗口，差点击中爸爸的脸。

爸爸突然向后歪去，带着梯子离开了墙。他伸手抓住窗台，想要恢复平衡，可是已经太晚了，梯子左右摇晃起来，然后开始往下倒。爸爸大声尖叫着，拼尽全力想抓住窗台。

快得如同一道闪电，北极熊先生扑了过去。他用爪子钩住了爸爸的腰带，与此同时，梯子轰然倒在了地上。爸爸悬在半空中，胳膊乱挥着，两条腿也在乱蹬。

"哇啊啊啊啊啊啊啊啊啊！"

他大叫着。

"呃呃呃呃呃。"

北极熊先生吼叫着，露出了大大的白牙。爸爸瞪大了眼睛。

"丽齐！"他呼叫妈妈，"救我！快！"

妈妈冲进花园。"哦我的天，哦我的天。"她一边大喊，一边奋力把梯子放回原来的位置。

亚瑟能听到从楼下某个地方传来的利亚姆惊慌失措的声音，这表示利亚姆在逐渐失控。

妈妈将梯子稳稳地靠在墙上。北极熊先生小心翼翼地松开爸爸，看着他哆哆嗦嗦地爬了下去。爸爸坐到地上，嘴里语无伦次地嘟哝着，并用手指着窗户。

"你在说什么，理查德？"妈妈说着，检查了一下爸爸的脑袋，看看是不是被撞坏了，"你说亚瑟弄了头熊在他的卧室里是什么意思？"

"你难道没看见吗？"爸爸倒吸了口气，"就在那儿！"

妈妈抬起头看了看窗户，然后用一只手捂住嘴巴，坐到了爸爸旁边。

"我早跟你们说过，"亚瑟喊道，"可你们不相信我。"

"你还好吗，亚瑟？"妈妈喊道，"别慌，我去报警。"

"我没慌，"亚瑟说，"别去报警，北极熊先生不会伤害任何人，他很善良……而且他刚刚救了爸爸的命，记得吗？"

"可是我的天，他是头熊。而且你怎么知道他的名字？"

亚瑟举起了北极熊先生的手提箱："名字就在他的手提箱上。"

一阵长长的沉默。

"我想我需要一杯茶，"爸爸说，"我感觉有点儿虚弱。"

爸爸面色发灰，看上去很糟糕。妈妈先看了看亚瑟，又看了看爸爸，好像在努力弄明白谁的麻烦更大。亚瑟决定掌控局面。

"你先照顾爸爸吧，我和北极熊先生马上就下来。"

"你确信自己没任何危险吗？"

亚瑟看了看正安静地坐在自己身旁的北极熊先生。他长这么大，还从来没见过一头看上去这么没有危险的北极熊呢。

"放松点，"他朝着下面的妈妈喊道，"我们没事儿。"

妈妈看上去一点儿也没有放松，她挽住爸爸的手臂，支撑着他跟跟跄跄地走进了房子里。亚瑟扑通一声倒在他的床上——他感到有些头晕。希望爸爸没事，从梯子上掉下来又被一头北极熊救下，一定让他很震惊。亚瑟的目光移到了北极熊先生行李箱上那个写着地址的标签上。

"我想知道你来我家干什么，北极熊先生？你为什么来？"

北极熊先生用他的大爪子轻轻地碰了碰亚瑟。

"你想成为朋友，对不对？我认为你想留下来。"

北极熊先生眨了三下眼睛。

亚瑟轻轻摸了摸他的爪子，又上下摇了摇。

"这是我们人类的握手——第一次遇到别人时要这样

做。要是我把你介绍给我妈妈爸爸，要是他们看出你是一头有礼貌的北极熊，也许会让你留下的——只是今天晚上。不过我不能做出什么保证，不是妈妈和爸爸不友好，只是你得理解，我们这儿不常有熊出没。"

可怜的北极熊先生看起来既疲惫又困惑。也许亚瑟家是他最后的希望？亚瑟真的希望自己能说服妈妈和爸爸。

第3章

扑通扑通扑通！

"注意，他下来喽！" 亚瑟大声喊道。

为了把北极熊先生弄到一个让他们俩都能从卧室里出来的位置，亚瑟费了一点儿时间。这会儿北极熊先生伸直前腿，肚皮着地，从陡峭的楼梯上滑了下去，就像一头北极熊滑下雪坡一样。

扑通扑通扑通！

到楼梯底时，他又顺着木头地板**滑了出去**，刚好在鼻子就要撞上门时停了下来。

妈妈和爸爸正躲在厨房门口往外看，表情僵硬而严肃。北极熊先生爬起来，抖了抖身体，屋里一片寂静。

扑通扑通扑通！

连亚瑟也不得不承认，他实在**太大**了。

"这是北极熊先生，"亚瑟说，"北极熊先生，这是妈妈和爸爸。"

北极熊先生像亚瑟教的那样伸出了爪子，可是妈妈和爸爸却**缩**到了门后面。

"他只是想握握手。"亚瑟说。

爸爸艰难地咽了口唾沫，妈妈轻轻地挥了一下手。利亚姆正在厨房最远的角落里小声哼哼。

北极熊先生歪起脑袋仔细听着。

"那是我弟弟，利亚姆。"亚瑟说，"别担心——他们可能需要一点儿时间才能熟悉你。"

北极熊先生朝厨房门口走了一步。

"你不要进来。"爸爸伸开胳膊，摆出阻拦北极熊先生的架势。

北极熊先生抽了抽鼻子，坐下来。

"北极熊先生的手提箱上写着我们家的地址，我认为他没有别的地方要去，所以我想知道可不可以让他留下来，就今天晚上。"亚瑟把手提箱递给妈妈和爸爸，指了指标签。

"是你自己写上去的吗，亚瑟？"妈妈查看标签时问道。

"没有，我没有，我发誓。而且我们得照顾照顾他，因为他很累，还受伤了。

求你了。"

"受伤了？"妈妈说着，脸上出现了几条焦虑的细纹。

"他几乎没法走路了。"亚瑟指了指北极熊先生的脚。

北极熊先生高高地举起他受伤的爪子，轻声呻吟着。作为一头北极熊，他的演技实在太好了。

妈妈的表情柔和下来。"哦，你这头可怜的熊，"她说，"你觉得呢，理查德？他看起来确实很有礼貌，也许他可以在这儿过一夜，等明天早上咱们再给皇家防止虐待动物协会①打电话。我怀疑周日这个时间那里没有人。"

爸爸用双手蒙住脸："好吧，要是他想留在这儿，他得住在车库里。我不确定跟一头熊住在一个房子里，利亚姆是否应付得了。"

"我们可以让利亚姆住车库。"亚瑟说。

话一出口，亚瑟立刻希望能把那句话给收回来。他不是故意对他弟弟很坏，真的不是。他知道那样说会让妈妈和爸爸心烦，而他要想跟他们谈判，让北极熊先生留下来，他需要妈妈和爸爸有个好心情，而不是坏心情。

"对不起，"亚瑟说，"我想你说得对，北极熊先生可以住车库。只是里面太脏了，到处都是蜘蛛网，我不敢保证他会喜欢那里。"

"好吧，如果你担心的是这个，你只需要把那儿打扫干

---

① 英国皇家防止虐待动物协会（RSPCA）于1824年在伦敦成立，是全球历史最悠久、最著名的动物福利组织。——译者注

净就可以了。"爸爸说。

"可那不是我的车库。"亚瑟没好气地说。

"但那是你的熊。"爸爸说,"所以那是你的难题。"

我们家才更像是个难题,亚瑟这样想着,但立刻就感到内疚起来。看起来没有别的选择,必须去打扫车库了。

亚瑟装了满满一桶肥皂水,放到北极熊先生面前。

"你提这个,"他说,"我去拿扫帚。"

北极熊先生用牙齿叼起水桶,故意一跛一跛地跟在亚瑟后面,朝车库走去。亚瑟能感觉到妈妈和爸爸正在看着,他希望他们对他感到抱歉。

他打开车库后门——那扇门通向花园——然后打开了灯。车库里面比他想的还要糟糕，到处都是蜘蛛网和灰尘，窗户上蒙了一层绿色的青苔污垢。他猜爸爸**从来**没有打扫过这里。

　　"别担心，"亚瑟说着，挠了挠北极熊先生的耳朵，"咱们会把这里弄得舒舒服服的。你可以帮我擦窗户，你在外面擦，我在里面擦。"

　　他递给北极熊先生一块抹布，北极熊先生把它扔进泡沫里，然后开始擦洗脏脏的玻璃。很快，亚瑟和北极熊先生就能够透过玻璃清楚地看见对方了。北极熊先生把脸使劲贴在玻璃上，挤扁了鼻子，还露出了牙齿。亚瑟也那样做起来。看到亚瑟小小的牙齿，北极熊先生开始在草地上打起滚来，亚瑟非常肯定，他在大笑。

　　"快来，别闹了，咱们还没干完呢，"亚瑟说，"你得进来帮我把所有的蜘蛛网都弄掉。"

　　北极熊先生脚步沉重地走进了车库，显然他不喜欢蜘蛛网。当蜘蛛网粘在他的毛上、缠绕在他的爪子上时，他变得非常烦躁。突然，他僵住了，一根根毛倒竖起来，喉咙里发出咆哮声。就在他的鼻子前面，有一只巨大的、黑色的、长腿……

蜘蛛！

那只蜘蛛在北极熊先生越靠越近时一动不动地待着，然后又突然直直地快速爬向北极熊先生的鼻子。北极熊先生往后一跳，转了一圈，然后冲出车库，一直跑到花园尽头，亚瑟甚至都没来得及说出一个字。很难相信，北极熊竟然是胆小鬼。

亚瑟用手里的杯子铲走了蜘蛛："对不起，老兄，可是你必须得离开。要是那头傻熊以为你还在这儿，我就永远没法让他回车库了。"

他带着蜘蛛走进花园，把它倒在了围栏外面。北极熊先生用爪子蒙住了自己的眼睛。

亚瑟摇着头走回了车库。他擦净地板，然后朝四周望了望。车库现在变得很干净，也没有了蜘蛛，可看上去不是很舒适。他咬着嘴唇，开始思考怎样才能让北极熊对这里有家的感觉。也许一条毯子？几个枕头？一个让他不再感到孤单的伙伴？

亚瑟跑回楼上，看看能找到什么。他从柜橱顶上拿下来一条毛毯，找出一个备用的枕头。然后从床底下拉出了他的旧毛绒玩具——一只很特别的、他格外钟爱但有些肮脏破旧的猴子，他假装把它弄丢了，那样就不会有人觉得他傻了。

猴子宾果会成为北极熊先生最完美的伙伴的。

　　亚瑟一只胳膊夹着宾果，另一只胳膊夹着毯子和枕头，把它们拿到了车库。他将毯子铺在地板上，又把枕头放在毯子的一头，让宾果倚着它坐着。

"快来

　　　　看看

　　　　　　吧，

　　　　　　　　北极熊

　　　　　　　　　　先生。"

亚瑟喊道。

北极熊先生紧张兮兮地走回来，检查了车库的每个角落，看看是否还有蜘蛛，然后趴在了毯子上。亚瑟把宾果塞进了北极熊先生的臂弯里，不到一分钟，熊就发出了**响亮**的鼾声！

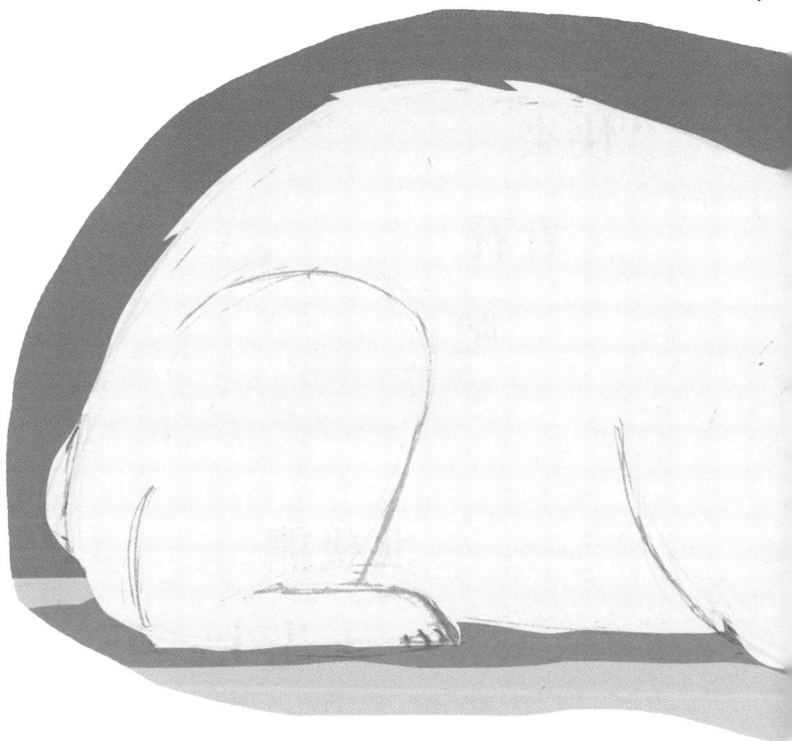

亚瑟坐下来看着熊。他听到一串微弱的窸窸窣窣声，转过头看见利亚姆正在门口躲躲闪闪。他背靠着墙，盯着北极熊先生看了很久很久。"要是你愿意，利亚姆，可以过来跟他打声招呼，他不会伤害你的。"

利亚姆朝熊走了一步。北极熊先生睁开了一只眼睛，亚瑟还没来得及拦住利亚姆，利亚姆就拔腿跑出了车库。

亚瑟叹了口气，挨着北极熊先生坐下来，倚着他毛茸茸的温暖身体。"别担心我弟弟，"亚瑟说，"你不用在意他。"

北极熊先生轻轻地嘟哝着。

"我知道，很多时候我都是这样的感觉，"亚瑟说，"这个家里没人真正在乎我的感受，他们唯一在乎的是利亚姆。"

北极熊先生蜷起身体围住亚瑟，亚瑟将头倚在熊柔软的大肚子上。他希望北极熊先生能够永远待在这里。

第4章

嘶嘶嘶嘶嘶嘶！

　　星期一的早上，埃利斯街总是很闹——不是很好的那种闹。利亚姆不喜欢改变他的日常惯例，每周一要想把他带去学校都需要一番斗争。亚瑟以前总是被利亚姆在隔壁房间的大喊大叫惊醒，每次都会让亚瑟感到既难过又生气，通常他都用枕头蒙住脑袋，好挡住那些声音。

　　可是，这个星期一的早上却出奇地安静，这让亚瑟以为一定出了什么事。他穿着睡衣冲下了楼。

通向花园的门敞开着，妈妈正坐在台阶上喝茶。北极熊先生已经醒了，在车库外面。利亚姆穿着他的学校制服，正骑在北极熊先生的背上，一圈一圈绕着花园走。

亚瑟简直说不出话来。熊是**他的**朋友，北极熊先生还没有让他骑呢，利亚姆凭什么得到了全部乐趣？利亚姆甚至都不喜欢北极熊先生，是吧？亚瑟走进房子，嘭的一声关上了门。他爬上楼，穿好校服，独自在厨房里吃早餐。时不时地，他会朝窗外瞅一眼。利亚姆和北极熊先生还在一圈一圈地绕着，亚瑟变得越来越生气。

"早上好啊，亚瑟。"妈妈高兴地说，"今天太阳打西边出来了？"

"你给皇家防止虐待动物协会打电话了吗？"亚瑟问。

妈妈摇了摇头，指着窗外说："哦，没有，我还没打。利亚姆看起来跟北极熊先生在一起很开心，他们相处得非常好，这是这么久以来最好的一个周一早上了。我想北极熊先生在这儿多待两天可能会不错哦，你说呢？那样能有更多时间让他的爪子完全恢复。也许你们俩愿意带他去学校？"

"我可以带他去学校，北极熊先生不属于利亚姆，他是我的。"

"我可不确定北极熊先生属于什么人。"妈妈说，"你弟弟和北极熊先生相处得这么好，你应该高兴才对，多好啊。"

"好是对利亚姆和北极熊先生来说的，"亚瑟说，"对我来说可不好。"

妈妈皱着眉头，给了亚瑟一个拥抱。"我还以为你愿意北极熊先生留下来呢。"她说。

亚瑟踢了一脚桌子腿。他当然愿意北极熊先生留下来了。

妈妈看了看时钟："哦，快来吧，到出发时间了。我们可不想让北极熊先生第一天上学就迟到。"

亚瑟点了点头。

利亚姆骑在北极熊先生的背上，一直走到车道上，然后他滑下来，站在北极熊先生的旁边。

亚瑟看了看他们的小汽车……

然后

又看了看北极熊先生。

亚瑟的数学不怎么好，但他粗略地算一下也能看出来，要想把这么一头**巨大**的北极熊塞进妈妈的汽车后座，绝对不是一件容易的事。他打开了车门。

"进去吧。"亚瑟尽量用乐观的声音说道。

北极熊先生摇了摇脑袋，向后退去。

"你想去学校，是吧? 稍微考虑一下。"

北极熊先生朝亚瑟眨了眨眼睛，走近了汽车。一开始，他想背对着进去，他把屁股塞进车门里，扭来扭去地往后座上蹭。

"吸气! "亚瑟说。

北极熊先生屏住了呼吸。

亚瑟**推啊**

推啊，可是没有成功。

必须得有更简单的办法。

他们重来了一次。这次北极熊先生先从鼻子
开始往里钻。他**扭动着**、**喘息着**爬上
了后座，好不容易进去了一条后腿，可是另一条
却还在外面 **晃荡**
。

车顶隆起

了一个鼓包，
车底也快要
碰到地面了。

"停！"

妈妈喊道。

"要是拉上这么个大家伙，我的车会变成碎片的。"

"我可以带他去坐巴士，"亚瑟说，"巴士的空间足够大，能装下一头北极熊。"

从利亚姆开始上学那天起，亚瑟就不能去坐巴士了。妈妈爸爸认为，巴士对利亚姆来说太吵太挤了，所以他们必须坐小汽车去。亚瑟讨厌被开车送到学校，因为他的朋友们都在巴士上，这让他感到悲伤。而且，他还讨厌跟利亚姆一起到学校并陪着他穿过整个操场。他总是能感觉到有些人正注视着他们，就为了看看利亚姆有没有做出什么古怪动作。亚瑟不喜欢那种感觉，实际上，他非常讨厌在学校里也不得不跟利亚姆在一起。这些想法他可不想跟任何人说，因为这是那种要保留在自己心里的想法。

"好吧——不错的主意，"妈妈说着，从钱包里拿出一些钱，"不过你们得跑快点儿，巴士随时都可能到。"

"好嘞！" 亚瑟朝空气中打了一拳，"来吧，北极熊先生，跟我一起去坐巴士。"

北极熊先生跟在亚瑟后面小跑起来。亚瑟看见巴士正从路上开来。"快点儿，北极熊先生！"他喊道，"咱们不想赶不上车吧。"

北极熊先生扑通扑通沿着人行道气喘吁吁地朝前跑着，刚好在巴士进站时，他们跑到了。

车门发出"砰"的一声，然后**嘶嘶嘶嘶**地打开了。

北极熊先生向后跳去，用爪子捂住了耳朵。他看起来非常害怕。

"没事的，"亚瑟安慰道，"只是巴士的车门而已。"

北极熊先生仔细地检查了一下车门，用爪子推了推，又闻了闻。

"我可不能等你们一整天，"司机说，"你们会搞乱我的时刻表。坐还是不坐，做个决定吧。"

"对不起，"亚瑟说，"我想这是北极熊先生第一次坐巴士。"

"哦，对我来说也是第一次，"司机说，"我以前从没载过北极熊。来吧，不管你的名字是什么先生，快上来，我们会照顾你的。"

亚瑟推着北极熊先生上了巴士，然后掏出钱来。巴士司机挠了挠脑袋，不确定一头熊该收多少车费，所以他想干脆让他免费乘车。

北极熊先生沿着过道朝巴士的后面**挤过去**，每个人都回到了自己的座位给他让路。当熊将他们的书包碰到地上、书本散落一地时，孩子们嘟嘟囔囔地抱怨起来。

"对不起， 对不起， 对不起。"

亚瑟一边向乘客们道歉，一边跟在熊的后面，捡起他碰掉的东西。看到好朋友汤姆就坐在靠近车后的位置时，亚瑟如释重负。汤姆看上去非常兴奋，他招手叫亚瑟过去。北极熊先生看起来也很兴奋，他快活地冲着车上的乘客们咧嘴笑，露出全部的四十八颗剃刀般锋利的牙齿。每个人都**倒吸**一口冷气，一个稍小一点的孩子哭了起来。

"请坐好。"司机喊道。

巴士的中间有一块较大的空间，车里太挤时，人们可以站在那里。

"你趴在这儿吧，"亚瑟说，"闭上嘴巴，待着别动。"

北极熊先生转了两圈，然后扑通一声坐到了地板上，发出一声大大的**哼哼**。亚瑟走向了汤姆旁边的座位。

"这家伙到底是什么？"汤姆指着北极熊先生小声说道。

"一头北极熊，笨蛋。他来待一段时间，我们没法把他弄进小汽车里。"

"为什么一头北极熊想来跟你住？"艾尔莎说，"没人愿意去你家。"艾尔莎既刻薄又讨厌，并且绝对不是亚瑟的朋友。

"北极熊先生喜欢住在我家。"亚瑟说。

"哼，跟我住他会更好，"艾尔莎说，"从一开始就不用忍受你的怪胎弟弟。"

亚瑟的脸颊变得火热，眼泪刺得眼睛发疼。"我的弟弟不是怪胎。还有，顺便说一下，利亚姆和北极熊先生相处得非常好，你什么都不知道。"亚瑟痛恨别人对利亚姆刻薄，那就像对*他自己*刻薄一样。

艾尔莎开始大笑起来，还拍着手。

北极熊先生抬起脑袋咆哮了一声。艾尔莎吓了一跳，这让亚瑟很开心。

"不管怎样，"她说，"我可不想让你的熊进我家，因为他的呼吸里有一股臭鱼味儿，我在这儿都能闻到。"

北极熊先生的咆哮声变得更大了，艾尔莎把头扭到一边，盯着窗外。

这时，车门嘶嘶地关上了，巴士震动着向前开去。北极熊先生跳起来，摇摇晃晃地朝车后走去，扑通一声跪倒在地，鼻子刚好对着艾尔莎的脸。

"把他从这儿弄走，

把他从这儿弄走！"艾尔莎一边尖叫，一边想抢起她的书包打北极熊先生的脑袋。

"住手，"

亚瑟大喊道，

"你会吓坏他的。"

可是艾尔莎没有停下来。

巴士只好临时停车。

"好啦，"司机说着，从驾驶座走出来，"我建议大家冷静冷静。一头北极熊也许是不同寻常的乘客，但是他也跟你们一样，有权坐车出行。你们要好好对待他，否则我只好请你们下车了，听明白我的意思了吗？"

艾尔莎交叉双臂，皱着眉头。"要是没有你和你的臭朋友，这辆车可舒服多了。"她对亚瑟说。

"走，"汤姆说，"我受够了，咱们到前面去，就不用听她发牢骚了——"他朝艾尔莎那边扬了扬头，"照顾北极熊先生反倒更容易些。"

亚瑟挨着北极熊先生坐下来，熊把头放在亚瑟旁边的座位上，汤姆坐在对面。在下一站，当车门嘶嘶地打开又关上

时，两个男孩尽最大努力让北极熊先生保持平静。幸亏只上来一个人，而且是亚瑟非常高兴见到的露西。

露西既善良又聪明，还是亚瑟他们足球队最棒的球员。她在巴士上总是戴着大大的耳机，那样就可以安静地看书了。

"哇哦！"她瞪大眼睛看着北极熊先生说。

她挤进汤姆旁边的座位，摘下了耳机，"多漂亮的熊啊，可他看起来为什么这么难过？"

"他被车门弄出的噪声吓坏了。"亚瑟说。

"而且他不喜欢艾尔莎，"汤姆说，"因为她跟平常一样刻薄。"

露西朝艾尔莎皱了皱眉，艾尔莎生气地瞪了她一眼。"也许北极熊先生想借我的耳机听听，"她说，"那样他就听不见艾尔莎或车门的噪声了。"

露西拿下耳机递给北极熊先生，北极熊先生仔细地看着，然后舔了一下。

"不能吃哦，"露西大笑起来，"你要把它戴在耳朵上，像这样。"

露西举起耳机，挨近北极熊先生的耳朵，又把她的 iPod 挂在了他的脖子上。亚瑟能听到里面正放着音乐。

北极熊先生眨了眨眼睛，轻轻晃了晃头，然后开始和着音乐用一只爪子拍打起座位来。露西轻轻地把耳机滑到北极熊先生的耳朵上，他的鼻子从一边点到另一边，喉咙里发出一种奇怪的嘀咕声。

"他在试着唱歌呢！"汤姆说着哈哈大笑起来。

"跑调了。"艾尔莎说。

"他从哪儿来的？"露西问。

"他不知怎么地就到了我家门口的台阶上。"

"可是怎么可能？"汤姆问。

"为什么？"露西问。

亚瑟耸了耸肩，他也很想知道。

第5章

吧唧吧唧！

亚瑟假装没看见正在校门口等他们的妈妈和利亚姆。当熊从巴士上跳下来时，利亚姆连蹦带跳地跑了过来，还一边大声哼哼着。北极熊先生还戴着露西的耳机，他左右扭着屁股，跳着舞走向了利亚姆，利亚姆也跟着他跳起来。亚瑟开始怀疑，带一头北极熊来学校到底是不是个好主意。他垂下头，真想找个地缝钻进去。

"放松点，"汤姆说，"他们只是在闹着玩儿呢。"

"可是人们会笑的。"亚瑟回答道。

"好吧，你得承认，北极熊跳舞真的很好玩儿。"

亚瑟耸了耸肩，他知道自己对利亚姆过于敏感了。当他抬起头时，他看出汤姆是对的，每个人都指着北极熊先生，

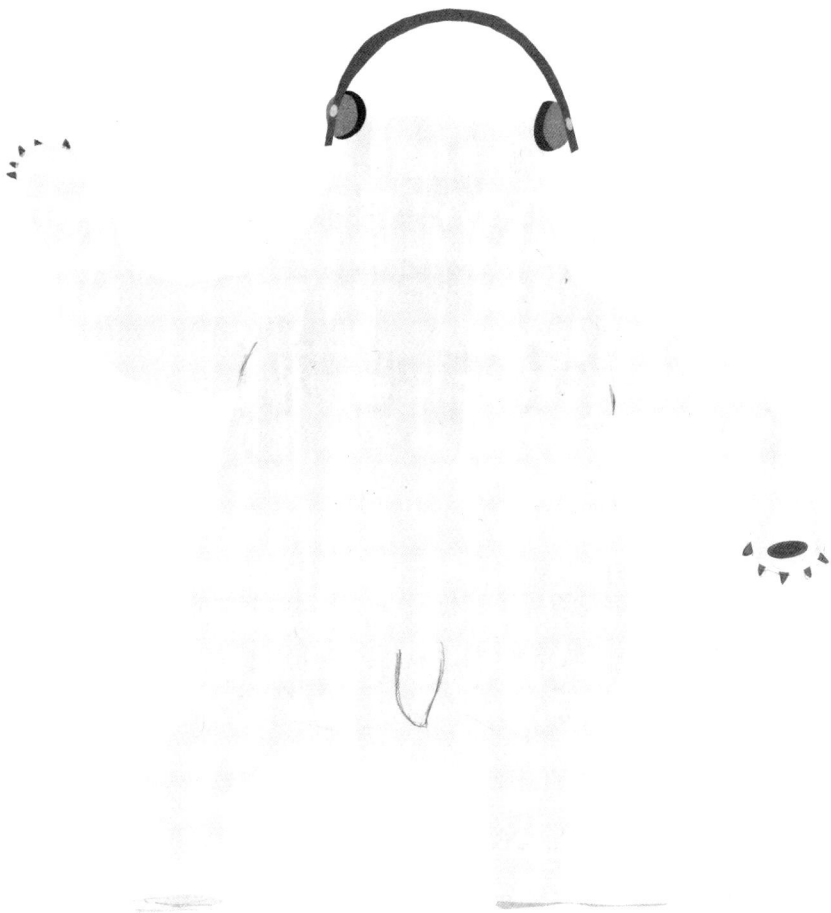

而北极熊先生看起来毫不在意。利亚姆一路快活地走向他的教室，亚瑟不得不承认，这个星期一早上过得挺不错。当他确定利亚姆一切都好后，就立刻拉着北极熊先生走向自己的教室，并从熊耳朵上拿掉了耳机。进教室之前，他们在门口停了一下。

"现在，放机灵点，"亚瑟说，"不要咧嘴，不然你会吓坏克拉多克先生的。"

亚瑟的老师克拉多克先生不喜欢突发状况。在克拉多克先生看来，星期一一大早就有一头北极熊走进他的教室，绝对是一种非常典型的突发状况——还是十分危险的那种。北极熊先生刚走进去，克拉多克先生手里拿着的书就掉到了地上，然后他立刻把全班学生赶到了教室一角，伸开双臂站在他们前面。

"大家保持镇定，"

克拉多克先生用颤抖的声音说道，

"保 持 镇 定！"

可是，没有一个人保持镇定——克拉多克先生是最不镇定的那个——当教室里的喧闹声变得越来越大，北极熊先生也变得越来越焦躁不安。亚瑟尽力解释说北极熊先生是一头友善的熊，

可是克拉多克先生正忙着用桌子和椅子建造一个"堡垒"，顾不上听。北极熊先生开始沿着"堡垒"走来走去，并用爪子使劲拍打。亚瑟尽可能让北极熊先生不失控，可是这头熊真的很难理解这一切。教室里的骚乱声越大，北极熊先生就越显得焦虑，直到最后，他用后腿站立起来，发出了一声**吼叫**。

"救命啊！" 克拉多克先生用最大的嗓音喊道，**"救命啊！"**

就在十亿分之一秒后，校长巴恩斯夫人出现在教室门口，每个人都安静下来，包括北极熊先生。

"我的天哪，"她说，"这儿怎么了，克拉多克先生？"

克拉多克先生在他的"堡垒"后颤抖着，指了指北极熊先生。

亚瑟走上前来："巴恩斯夫人，这是北极熊先生，他是一头北极熊。"

北极熊先生伸出他的爪子，就像亚瑟教他的那样，巴恩斯夫人热情地握了握。"见到你很高兴，北极熊先生。"巴恩斯夫人说，"欢迎你来到我们学校。"亚瑟猜想，北极熊先生会非常非常喜欢巴恩斯夫人的。

然后，巴恩斯夫人将注意力转到了"堡垒"上。

"今天早上我们正在研究五维空间里的建筑吗，克拉多克先生？"

"嗯，不，不不不完全是，只是嗯嗯嗯……"克拉多克先生朝北极熊先生这边点了点头。巴恩斯夫人扬起了一边的眉毛等着下文，可是克拉多克先生好像忘掉了他要说的话。

"这所学校欢迎多样化，克拉多克先生。我们中间有一头北极熊是一项荣幸，并且我很确定，我们可以从他身上学到很多东西，他也会从我们这里学到很多。我们应该让我们特别的新客人有宾至如归的感觉，而不是把他当成动物园里的那种。"

"他本该在那里呀。"克拉多克先生说。

巴恩斯太太给了他一个冷冰冰的眼神。"咱们把教室弄回原来的样子，然后像平常一样继续上课，怎么样？"她说。

北极熊先生帮忙将桌子和椅子推回原来的位置，巴恩斯太太让大家安安静静坐好。"现在，也许你们中有些人以前从没跟北极熊相处过，因此如果有什么需要我们了解的，有什么可以帮北极熊先生适应这里的，我相信亚瑟会告诉我们。"

亚瑟的脸红了，他不确定自己比别人知道得多，他才跟北极熊先生住了一天。北极熊先生看起来却适应得非常好。

他走到教室前面，忙着嗅克拉多克先生的袜子，这让克拉多克先生变得更加紧张了。亚瑟很想知道，克拉多克先生的脚是不是有鱼腥味儿。

"重要的是，"亚瑟开始说道，同时尽力将北极熊先生从克拉多克先生身边推开，但没有成功，"重要的是，当你跟北极熊先生在一起时，你必须得变得……嗯……变得……灵活一些。"亚瑟想起了这个词，这是来家里照顾利亚姆的太太说的，"你必须得学会留意什么让他高兴，还有什么让他害怕或生气，因为北极熊有时候会变得有点儿难以捉摸。"

"这些建议非常有帮助。"巴恩斯夫人说。

北极熊先生开始舔克拉多克先生的鞋子，而克拉多克先生看起来好像就要晕倒了。几个孩子咯咯咯地笑起来。亚瑟希望北极熊先生不要再让他难堪了，他使劲儿用胳膊肘推了推北极熊先生。

"有时候要是北极熊先生不明白正在发生什么，或者出现了他不喜欢的吵闹声，或者看见了一只蜘蛛，他就会感到害怕。当感到害怕或不安时，他有时候会发出咆哮或吼叫。其他时候，他会很高兴，还会咧嘴笑——看起来吓人，但其实不是。"

北极熊先生停止了嗅克拉多克先生的脚，露出了一个大大的龇牙笑。

"那么，"巴恩斯夫人说，"趁北极熊先生在我们这里，我认为这对全校师生来说都是个绝佳的机会，咱们可以做一个关于北极熊的特别课题，看看我们能在这种让人惊奇的物种身上发现什么。"

北极熊先生坐得笔直，看起来对自己很满意。

巴恩斯夫人和克拉多克先生讨论了一会儿之后，班上的

孩子们在阅读角为北极熊先生做了一个小窝。巴恩斯夫人派出一组学生去校图书馆找来关于北极的书，把它们搬回到小窝那里。北极熊先生躺在懒人沙发上，协助学生们发现各种关于北极熊的有趣事实。他让他们量自己的爪子，研究他的皮毛，数他的牙齿。

克拉多克先生简单介绍了全球变暖导致北极地区海冰融化、北极熊陷入困境的情况。北极熊先生机智地点了点头，凝神看着克拉多克先生，仿佛他是世界上最好的老师。最后，北极熊先生站起来拍了拍爪子，全班同学也都跟着拍起手来，克拉多克先生低头致意，感谢北极熊先生帮他强调了这个非常严肃的问题。北极熊先生也低头致意来回应，然后转过身，朝亚瑟挤了一下眼。亚瑟笑起来。

到那天结束时，全校都在谈论北极熊先生、北极、气候变化和海上的浮冰。亚瑟为他的熊感到非常骄傲。巴恩斯夫人给亚瑟他们班发了优异奖，奖励他们帮助北极熊先生适应学校生活。克拉多克先生给了北极熊先生一枚金星奖章，还有一盒沙丁鱼罐头，奖励他如此友善和配合。他说他希望北极熊先生明天能再来。

经过了这长长的、精疲力尽的一天，北极熊先生在巴士上睡着了。大家都蹑手蹑脚地绕过他，小心不把他吵醒。终于，亚瑟到站了，北极熊先生睡眼蒙眬地爬下巴士，慢吞吞地朝家走去。他径直走进车库，躺在了他的毯子上。

"这一天过得怎么样？"当亚瑟扑通一声坐到厨房的椅子上时，爸爸问道。

"有趣。"亚瑟说。

"好的有趣还是坏的有趣？"

"都有。"于是，亚瑟开始给爸爸讲这一天发生的所有事情——巴士啊，"堡垒"啊，课题研究啊，学校里的各种兴奋啊，还有北极熊先生在午餐时怎样吃掉了炸鱼薯条和整整一桶巧克力冰激凌。

"我想他还有很多要学的，"爸爸说，"你认为他会待很久吗？"

亚瑟耸了耸肩。他不愿意想北极熊先生离开的事——他才刚刚到这里。

几分钟后，前门嘭的一声打开了，利亚姆费力地提进来一只蓝色的塑料水桶。他大口喘着气，兴奋得要命。

"你弄到了什么？"爸爸说着想去帮他，妈妈摇了摇头。

"鱼。"利亚姆说着，转过身去，他不愿意让任何人碰他的水桶。

"鱼？"爸爸问。

"给北极熊先生的。"他说着，提着重重的水桶朝车库走去。

"利亚姆正在研究北极熊的食谱，"妈妈说，"他的老师给我看了他的作业。他决定去找一只海豹、一头鲸鱼，或者一只海象带回家喂北极熊先生。幸好卖鱼的老板给了我们一桶本打算扔掉的剩鱼，这是我们能够得到的最接近的食物了。"

亚瑟、妈妈和爸爸跟在利亚姆身后，从车库门口看着他放下水桶，打开盖子。北极熊先生把头埋进水桶里，巨大的脑袋完全不见了。他呼噜呼噜狼吞虎咽地吃着，直到水桶空空，然后坐在利亚姆面前，他的鼻子离利亚姆的鼻子只有两厘米。

亚瑟屏住呼吸，他很好奇，北极熊先生满是鱼腥味儿的脸离得这么近，利亚姆会有什么反应。北极熊先生抬起他的爪子，朝利亚姆伸过去。慢慢地，利亚姆也举起了他的手，朝前移动，直到他的手掌和熊巨大的爪子碰在了

一起。然后，利亚姆笑了。

亚瑟简直惊呆了。他以前从没见过利亚姆跟谁击掌。他转向妈妈和爸爸，他们正用一种过于温柔的眼神看着利亚姆和北极熊先生，那眼神让亚瑟很想踢点儿什么东西。这就好像北极熊先生和利亚姆正相处得越来越融洽，而他正在被冷落和遗忘……又一次。他突然感到非常孤独。

"给北极熊先生带些茶点真是个好主意，"爸爸说，"干得好，利亚姆。"

"现在轮到咱们进去吃点儿茶点了。"妈妈说。

可是亚瑟不想吃茶点，他想待在车库里。他在北极熊先生的对面坐下来，严肃地看了他一眼。北极熊先生也回了他一个严肃的眼神。

"照顾你一整天的人是我，"亚瑟说，"是我带你坐巴士，在教室里帮助你，午餐时确保你有炸鱼薯条和巧克力冰激凌吃，可是我从谁那里得到一句'干得好'了吗？没有，我没得到。"

北极熊先生慢慢地眨了一下眼睛，好像他正在倾听每一个字。

"在学校我总是维护利亚姆，可是妈妈和爸爸谁都看不见。他们永远都是**利亚姆，利亚姆，利亚姆。**

利亚姆过了
很棒的一周！

或是

利亚姆今天画了
一幅漂亮的画。

或是

利亚姆读书
用功极了。

只有一种时候他们会注意到我，就是我做了坏事。你告诉我，北极熊先生——你觉得这对我公平吗？"

熊静静地看着亚瑟，亚瑟从地板上捡起一块小石子，放在手里转着。他希望熊能理解他的话。

"我想知道你是不是在哪里有一个家，北极熊先生？或许你也有兄弟或姐妹？"

北极熊先生挪动了一下位置，拖着脚朝亚瑟靠近了一些。

"要是你没有，你可以成为我们家的一员，只要你愿意。

我们两个可以一起出去玩，做很多很多有趣的事。利亚姆不喜欢我玩的那些游戏，而我的朋友们又不喜欢来我家玩，因为有点儿——"

亚瑟叹了一口气，他该怎么向一头北极熊解释这个呢？有时候跟他的朋友们解释利亚姆的事都很难，跟不认识的人解释更难，甚至想一想都会让他肚子疼。

"不过要是你更愿意跟利亚姆出去玩，我想那也很好，我没有问题。"

亚瑟将石子朝车库另一边扔去，它啪嗒一声撞在了水泥墙上。北极熊先生站起来，扑通扑通走到亚瑟身边，伸出爪子，给了亚瑟一个大大的熊抱。亚瑟尽可能大地张开手臂，也紧紧地抱住了北极熊先生。

一个实实在在的熊抱会让你感觉好多了，我知道，因为我本来觉得快烦死了，而现在我好多了！

　　我不愿意看到北极熊先生和利亚姆成为朋友，但我和北极熊先生好好地聊了很多事，我认为北极熊先生还是喜欢我比利亚姆多一点儿 ——或者，也许正好一样多。

　　北极熊先生总是对利亚姆很好，那让利亚姆非常开心。这很好，因为如果你开心，你就会很容易交到新朋友——而利亚姆没有那么多朋友。

　　所以我决定，从现在开始，要做个更好的哥哥，帮利亚姆交到更多的朋友。

第6章
小球技

"这个周末你必须带北极熊先生来参加足球赛。"露西说，"大家都喜欢他，他可以成为咱们队的幸运吉祥物。"

这是星期四早上，露西、汤姆和亚瑟正坐在巴士上。北极熊先生现在已经习惯坐巴士了，他高高兴兴地趴在地板上，戴着耳机，听着音乐。

这周真是太忙了，亚瑟一心放在好好表现上，根本没时间考虑周六的足球赛。

"我不知道北极熊先生喜不喜欢足球，"亚瑟说，"而且咱们怎么知道他能带来好运呢？"

"不会有太大区别啦，"汤姆说，"反正咱们从来没赢过，再坏也坏不过上周末——我可没有责怪你的意思哦。"汤姆瞥了一眼亚瑟，亚瑟的脸一下子红了。

上周末的比赛简直就是一场灾难，老鹰队以 1 比 5 大败而归。利亚姆太过兴奋，整场比赛中一直在扯着嗓门儿放声歌唱。亚瑟恳求妈妈带利亚姆离开球场——哪怕只是离远一点点——可是妈妈说利亚姆很好，没人会介意。

但亚瑟介意。弟弟闹出这么大动静，他怎么能集中注意力守住球门呢？妈妈真的明白那是怎样的一种尴尬和难堪吗？每一次当球朝亚瑟的球门飞来时，利亚姆都会唱得更加响亮，让亚瑟完全集中不了注意力。他连一个球也没救下——一个也没有——那就是事实。

"我不知道这周末我想不想参加比赛。"亚瑟说。

"你必须参加，"露西说，听起来完全像警告，"我们需要你——你是我们最棒的守门员。"

"我是你们唯一的守门员。"亚瑟闷闷不乐地说。

"行了，高兴点，"汤姆说，"要是你带北极熊先生来，至少咱们还有可能赢到最佳吉祥物奖呢。"他推了亚瑟几次，直到亚瑟露出微笑。

"事实是，根本没有最佳吉祥物奖，"艾尔莎突然插进了他们的谈话，"而且不管怎样，我认为用一头活熊当幸运吉祥物是违法的。"

"谁在乎，"汤姆说，"制定规则的又不是你，你只是嫉妒罢了，因为你们队只有一只无聊的泰迪熊。"

"至少我们的熊没有口臭。"艾尔莎高高仰起鼻子。

不幸的是，艾尔莎是一名非常优秀的球员。不幸的是，她属于韦克菲尔德漫游者队。更不幸的是，他们是数一数二的球队，周六的比赛几乎是必胜无疑。

"咱们怎么带北极熊先生去参加比赛呢？"亚瑟问，"我们的小汽车他坐不下。"

"这个我已经想到了，"露西说，"我哥哥可以让他坐在皮卡①的后面。"

露西的哥哥朱诺是一名建筑工人，业余时间兼做老鹰队的教练。他的小卡车酷毙了。

"我也可以坐吗？"亚瑟问，他一直想搭朱诺的皮卡兜兜风，"那样妈妈就不会带利亚姆来了。"

"可是你干吗不想带利亚姆来？"露西问，"他是咱们最好的支持者。"

亚瑟瞪大眼睛看着露西，**她一定是在开玩笑！**

---

① 皮卡，一种采用轿车车头和驾驶室，同时带有敞开式货车车厢的汽车。——译者注

"嗯，没有人会顶着瓢泼大雨站在场边唱歌，"她说，"也没有人在咱们踢得那么烂时还为咱们欢呼。"

"咱们踢得好时，也没有多少人给咱们欢呼啊。"汤姆笑起来。

"哦，闭嘴，"露西说，"你就别帮倒忙了。反正不管怎样，我们的成绩会提高的，因为现在北极熊先生要成为咱们的幸运吉祥物了，是不是？"她双手合十，做出祈祷的姿势，**"求你了。"**

"我考虑考虑。"亚瑟说。他真希望自己能像露西和汤姆那样轻松，而不是整天担心这担心那。

那天亚瑟想了很多。课间休息时，他看见北极熊先生带着利亚姆加入了一些游戏。很快，大家就意识到，跟利亚姆和北极熊先生一起玩很有趣。他还看见北极熊先生和利亚姆安静地走回了教室。当北极熊先生在的时候，一切看起来都变好了——大部分时间是这样。

亚瑟决定考察一下北极熊先生的球技。如果北极熊先生做他们的幸运吉祥物——是说如果——那么他应该懂点儿足

球。所以那天下午放学后，他从花园棚屋里拿出他的足球，

开始在花园里运起球来。

北极熊先生看了一会儿，然后跟在亚瑟后面

蹦来跳去，

左躲右闪，

想要拦截他，把球抢到手。对于一头熊来说，他看起来非常
擅长运动，亚瑟得费很大劲儿才能控制住球。太有趣了。

接下来，亚瑟演示了一些**颠球技巧**。他已经练习了一年，很想炫耀一下。"你不能让球挨着地面，"他一边说，一边将球由 **一只脚**

踢到另一只脚上……

"然后你还可以用膝盖这么做……然后用你的头。哎哟——做得不太标准，不过你明白我的意思吧。"

北极熊先生跟着他做每个动作。

"你想试试吗？"

亚瑟把球扔给北极熊先生。首先，北极熊先生带着球在花园里跑来跑去，就像亚瑟做的那样。然后，他用后腿站立起来，将球从一只毛乎乎的脚踢到另一

只毛乎乎的脚上……六，七，八，九，十……然后用膝盖颠球……十一，十二，十三，十四……

亚瑟惊得下巴都快掉到地上了，他忍不住哈哈大笑起来。一头北极熊在颠球，这真的有些疯狂。

"爸爸，妈妈，利亚姆！"他大声喊着，冲进屋里，"你们快来看看北极熊先生！他**太厉害了**。我得去拿我的照相机，我要照下来，这个会……"

当那个想法从脑袋里冒出来时，亚瑟已经爬上了一半的楼梯。要是他抓拍到好照片，也许他可以参加趣味足球摄影比赛。

他带着相机回来时，爸爸、妈妈和利亚姆已经

在花园里了，北极熊先生正安静地坐在地上，两只前爪之间放着球。

爸爸摊开手："所以呢？你想让我们看什么？"

"等一下。"亚瑟把他的照相机塞到利亚姆手里，捡起球，用膝盖颠了几下，然后踢给北极熊先生。

"来啊——再给我们表演一下。"亚瑟希望北极熊先生能再做一次。

北极熊先生从脚到脚，又从膝盖到膝盖颠着球，然后用鼻尖顶着球，保持了好长好长时间的平衡。太精彩了，北极熊先生成了颠球高手，也将成为最好的幸运吉祥物。亚瑟转身去抓他的照相机，可是利亚姆已经在咔嚓咔嚓一张接一张地拍照。

"给我，利亚姆，赶快！"

利亚姆依然咔嚓着。

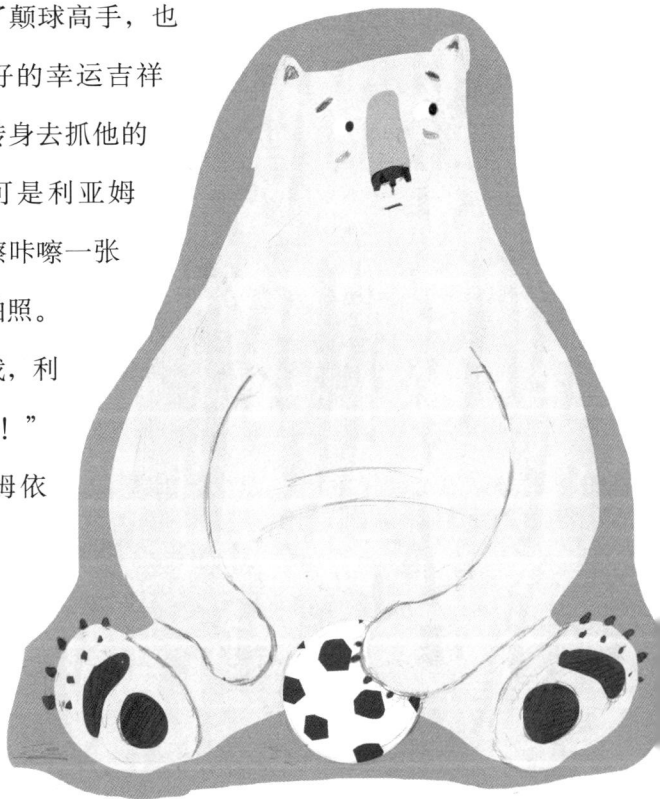

"利亚姆！"亚瑟想从利亚姆那儿抢走相机，但利亚姆不让。

"让他拿着吧，"爸爸说，"这能让他保持好心情。"

"可那是我的，是爷爷给我的生日礼物。而且我想——"亚瑟根本没时间把话说完，因为北极熊先生用头顶飞了球，球径直朝亚瑟砸过来。亚瑟不得不用光一般的速度去救球，以免砸碎照相机，或者利亚姆的脸，或者把两者同时砸烂。

"救得好！"爸爸说，"周六就这么救，你们队肯定能赢。"

兴奋的大泡泡充满了亚瑟的整个胸腔，他朝爸爸咧开嘴："希望如此，我们队想让北极熊先生当我们的幸运吉祥物。朱诺会用他的皮卡带他去。"

"哦，有一头真正的北极熊在赛场边上观战，应该有助于打败别的队！"

亚瑟看着地面想了一会儿。"利亚姆周六一定得来吗？"他问，"我不是小气鬼，只是有时候他很打扰我比赛——而且这次是重要的比赛。人会很多很吵，利亚姆会很不喜欢的。"

爸爸搂住亚瑟的肩膀。"我知道有时候很难，"他说，"可是利亚姆非常喜欢看你踢球。想象一下，要是我们不让他去，他会多伤心？"

"可是——"

爸爸把手指放在亚瑟的嘴唇上，不让他继续说下去。"利亚姆是我们家重要的一部分，你也是。我们必须保持灵活，把事情尽量处理好，那就意味着当事情变得很困难时，我们要团结在一起，互相支持。"

"可是事情总是很困难。"亚瑟说。

爸爸用力搂了搂亚瑟的肩膀，"现在也很困难吗？"

亚瑟看了看正在傻里傻气表演球技的北极熊先生和拿着相机的利亚姆。北极熊先生摆好了姿势，他的一只前爪叉着腰，另一只前爪让球保持着平衡。

　　"现在还好，"亚瑟说，"我担心的是星期六。"

第7章

纠结

星期六早上，亚瑟比平时醒得早。为了比赛，他需要北极熊先生呈现最佳面貌。他从浴室里找到肥皂、牙膏，还有一把用来清洗浴室的硬毛刷。然后，他又抓了几条毛巾，带上这一大堆东西走进花园。

他往车库里探出头。

"起床了,
北极熊先生!
准备时间
到了。"

北极熊先生打着哈欠,伸着懒腰,跟在亚瑟后面走出来。爸爸浇花园的水管被卷成一盘放在棚屋旁边。亚瑟拧开水龙头,等着水从水管里流出来。"可能有点儿凉,"他说,"所以要小心。"

北极熊先生正盯着水管的这一头看，突然一股冰冷的水直喷到了他的脸上。

北极熊先生噗噜噗噜咕噜咕噜了几声，然后咧开了嘴。他看起来根本不在意冷不冷，当亚瑟往他身上喷水、用肥皂揉搓他的毛时，他扭来扭去，摇来摇去，看着彩虹色的肥皂泡泡从鼻子旁边飘过。

"快洗好啦。"亚瑟说着，用清水冲净了北极熊先生皮毛上

最后一点儿肥皂沫。

亚瑟关掉水龙头，卷好水管。北极熊先生摇晃着蹲下来，

准备来一次**剧烈**的抖动。

"不要！" 亚瑟大声喊道，可是太晚了，北极熊先生

使劲左右抖动着他的皮毛，身上的水像喷泉一样洒在花园里。

北极熊先生抖完后，看上去就像刚把爪子插进了电插座里，而亚瑟全身都湿透了。

"你干吗非得那么做呢？"亚瑟尽量用毛巾弄平他全身翘起的毛，北极熊先生高兴地咧开了嘴，这让亚瑟接下来的工作变得容易了。他将一整管牙膏挤在了硬毛刷上，开始给北极熊先生刷牙。当散发着薄荷香味儿的牙膏刺激到他蓝色的舌头时，北极熊先生使劲摇起了头，眼睛也有点斗鸡眼，他呼呼地喘着粗气，牙齿不停地打着战。

"快来，没那么糟，不要这么孩子气。"

亚瑟又试了一次，可是北极熊先生皱起了鼻子，把头转向了一边。

"你不想让艾尔莎抱怨你口臭，是吧？"

一提到艾尔莎，北极熊先生就大大地张开了嘴，让亚瑟给他刷牙。

"好，漱漱口，吐出来。"亚瑟说着，将水管放进北极熊先生的嘴里。

北极熊先生将漱口水吐到了地上——**呸，呸，呸，**到最后一丝薄荷香消失为止。

"**搞定了！**"亚瑟用毛巾擦干北极熊先生的湿嘴巴，又擦亮了他的鼻子。

北极熊先生给了他一个灿烂的笑容。

一点钟，露西和朱诺开着皮卡来了。车的前边是驾驶室，后边是货车车厢，车厢两侧有低低的挡板，一侧上写着：

JW 建筑服务
——建设更美好的未来

"看，运送北极熊的完美卡车。"露西说着，打开了卡车的后挡板。

亚瑟推开车库的两扇大门，北极熊先生出现在阳光中。

"哇哦！" 露西惊呼道，**"他看起来简直太棒了。"**

亚瑟跳上卡车车厢，北极熊先生跟着他爬上去。露西将她的耳机和朱诺的一副护目镜递给亚瑟，"为了防风。"她说。亚瑟把耳机戴在北极熊先生的耳朵上，又将护目镜戴在他的眼睛上，然后在他的脖子上围了一条绿白条相间的老鹰队围巾。他最后检查了一下北极熊先生，然后跳下了卡车。朱诺锁好后挡板，冲北极熊先生竖起了大拇指。

当卡车越开越快、渐渐开远时，北极熊先生高高地扬起鼻子，围巾在他身后呼啦啦地飘动着。

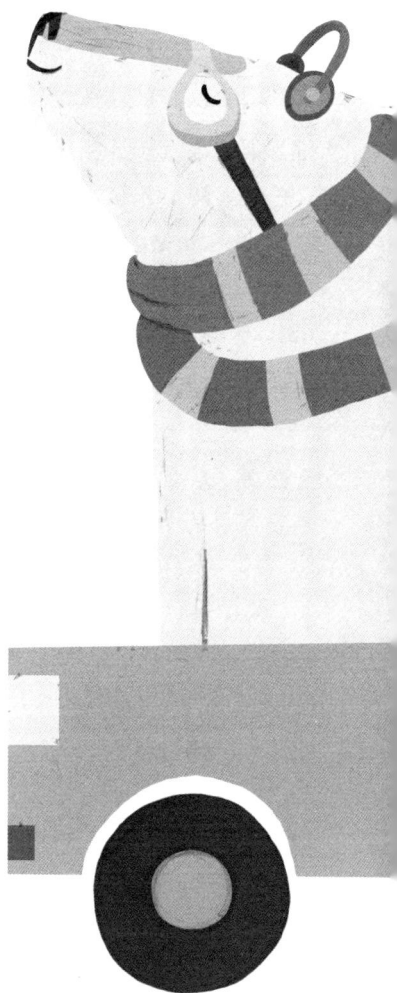

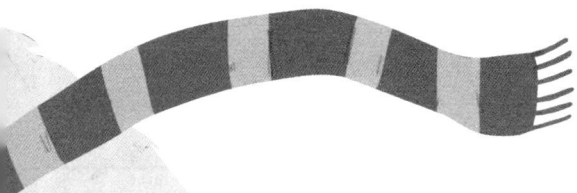

JW 建筑服务
——建设更美好的未来

亚瑟忍不住笑起来。他真希望能跟北极熊先生一起坐在卡车里，他希望自己有一个像朱诺那样的哥哥。

利亚姆出现在门口台阶上，他的手压在眼睛上。

"没事的，利亚姆，北极熊先生很好。你会在足球赛上看到他。"亚瑟希望能赶快出发，他不想让利亚姆陷入惊慌的状态中。可是利亚姆看起来一点儿也不高兴，他一直用手压住眼睛又松开。

"怎么了，利亚姆？你很想来看我踢足球，不是吗？"亚瑟尽量让自己的声音听起来不那么绝望，但是很难。他需要利亚姆坐上车，他需要参加比赛。当利亚姆难过时，有时候很难找出是哪里出了问题。亚瑟真希望北极熊先生还在家——他知道该做什么。

咱们在花园里走一圈吧，就像你跟北极熊先生做的那样。

亚瑟建议道。他发现利亚姆喜欢跟北极熊先生散步，那通常会让情况变得好起来。

起初利亚姆看上去不太确定，但在亚瑟的坚持下，他开始显得平静一些了。

"你想来看球赛吗？"亚瑟问。

利亚姆快速地点了点头。

"两点钟开始，"亚瑟给利亚姆看了看他的表，"还有三十分钟。"

利亚姆又点了点头。

"所以咱们得走了。"

利亚姆又开始用手指轻轻敲眼睛。"照相机。"他说。

"照相机？"亚瑟问，"你想拿我的照相机去看球赛？"

利亚姆点了点头。亚瑟不确定是否该信任利亚姆，让他带着自己的相机去看球赛。可是能让利亚姆上车，才是现在最重要的。亚瑟冲上了楼。

"好吧，利亚姆，你答应我要好好拿着它，行吗？"

"行。"利亚姆说。

"不过咱们得先上车去球场，要不你会错过北极熊先生的一些球技小表演的，是不是？"

"是。"

利亚姆跟着亚瑟上了车，系好安全带。爸爸一路上像个赛车手一样朝球场开去，但他们仍然是踩着点到的。

等他们到了停车场，那里差不多已经停满了，到处是熙熙攘攘的人群。

亚瑟好不容易挤进了他的球队。一大群人围着北极熊先生，而北极熊先生正在参加团队热身，做着热情洋溢的跳跃运动，观众们又鼓掌又欢呼。

扬声器突然发出刺耳的噪声，里面**嗡嗡**地传出主办方的声音：先是欢迎大家来参加比赛，然后宣布第一场比赛马上就要开始了。亚瑟很庆幸北极熊先生仍然戴着露西的耳机，可是当扬声器持续不停地大声播报通知时，他越来越担心利亚姆了。弟弟正缩在赛场边上，两手紧紧地捂着耳朵。当看见妈妈在尽力让利亚姆平静下来时，亚瑟担心得胃都拧了起来。他的照相机也被丢在了草地上。

赛前，球队以北极熊先生为中心围拢到一起。离开球场时，北极熊先生跟每个队友击了掌，还对场边的支持者们咧开嘴笑。他正在很认真地扮演幸运吉祥物的角色，但这也让亚瑟担心，万一老鹰队没有踢好，大家可能会责怪北极熊先生——或者没准儿他们会责怪亚瑟？最最重要的是，亚瑟不想拖累他的球队，而且他真的真的不想利亚姆再当众大吵大闹了，尤其是今天。

哨子吹响，第一场比赛开始了。现在一切都在按部就班地进行，喊叫声停止了，亚瑟还注意到北极熊先生、利亚姆和爸爸正慢慢地绕着球场走动。每当亚瑟他们队踢得好时，北极熊先生就会停下来跳上一小段舞。

要是老鹰队丢了球，北极熊先生就会发出咆哮声，还用两只爪子捂住眼睛。

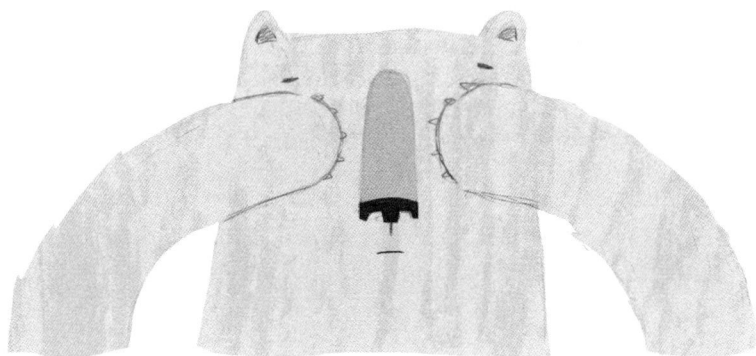

很快，老鹰队的支持者们就摸清了北极熊先生跳舞和咆哮的规律，开始加入进来。更棒的是，利亚姆捡回了相机，正在咔嚓咔嚓地按快门。亚瑟开始慢慢放松，当露西射进第一个球时，他开始享受比赛……接下来，当他守住了一球时，情况就变得更好了……最后，当他们踢赢了第一场比赛时，一切都好得不能再好了。北极熊先生在跳舞，利亚姆在跳舞，老鹰队的支持者们也在跳舞。

也许北极熊先生真的是幸运吉祥物，也许根本不会有什么不对劲的事。亚瑟和他的队友加入进来，和北极熊先生一起庆祝。

扬声器又开始响起来。

"我们发现一个走失的小女孩，

正在裁判席处，请父母前来……嗞嗞嗞……

每个人在第一场比赛中都表现得非常好，

请尽快准备……嗞嗞嗞嗞嗞……

下一场比赛马上开始……嗞嗞嗞嗞嗞……"

对利亚姆来说，这噪声太大了。当利亚姆开始前后摇动、做出各种动作试图抵挡这可怕的声音时，亚瑟确信自己能看出人们正在慢慢远离他的家人。妈妈在竭尽全力帮助利亚姆，但利亚姆却推开了妈妈。亚瑟攥紧了拳头。

露西和汤姆担忧地看了亚瑟一眼。

"给利亚姆戴上耳机会管用吗？"露西问。

"嗯，大概管用，"亚瑟说，"只要能把耳机戴在他耳朵上。"

"咱们来试试。"汤姆说。

"我们已经试过了。"亚瑟想起了在家里妈妈和爸爸试着把什么东西放在利亚姆耳朵上的那些努力。他们老早就放弃了，妈妈说那样做根本没有任何意义，因为利亚姆必须得习惯各种意想不到的噪声。但现在这种肯定不行吧？

北极熊先生也开始变得焦躁不安，他不喜欢利亚姆难过，他挨着利亚姆坐下来，脑袋从一边转到另一边。通知还在继续，这时，北极熊先生从自己的熊耳朵上摘下耳机，递给了利亚姆。

"不，不，"妈妈说，"把这玩意儿拿走——你只会让事情变得更糟。"

可是，北极熊先生却并不想改变主意或放弃尝试。他重新把耳机戴在自己的耳朵上，眨了眨眼睛，来了一段笨笨的舞蹈。然后他第二次把耳机递给了利亚姆。他一次又一次重复着相同的动作，眨眼，跳舞，哄利亚姆戴上耳机。当通知最后一次从扬声器里吱啦吱啦传出来时，利亚姆戴上了耳机，北极熊先生则用爪子捂住了耳朵。

所有人都不敢相信，但每个人都在微笑。

"看，"露西说，"北极熊先生知道怎样把事情解决好。"

亚瑟给北极熊先生竖起了大拇指。

第二场比赛开始了。利亚姆和北极熊先生一直在跳舞，老鹰队的支持者们也在不断地大喊加油。球队的每个人都发挥出了自己的最好水平，亚瑟开始相信北极熊先生拥有吉祥物的魔力了。他看上去正忙

着逗观众发笑，以至于都顾不上那些噪声了。老鹰队轻轻松松就打赢了第二场比赛，即将开始第三场。那就意味着他们已经进入**决赛**了。

"咱们以前从没打进过决赛，"露西紧张地说，"我好想知道，咱们跟哪个队踢呢？"

"我猜是**韦克菲尔德漫游者队**。"汤姆说。

几个队友发出了哀叫声。没人想跟韦克菲尔德队踢，主要因为艾尔莎是队长，而她总是想尽*一切办法*要赢。

老鹰队聚集在一起，讨论最后的战术，然后全队跟北极熊先生击掌。他们就要开始了！就在大家散开、各就各位之前，艾尔莎用响亮而不友好的声音说道："咱们走着瞧，看看你们的熊到底有多幸运。"

亚瑟看得出来，大家都对她很生气——包括北极熊先生，他狠狠地瞪了她很长时间，才慢慢从球场边走开。

漫游者队很有实力——非常有实力——所以从一开始这就是一场艰难的比赛。尽管如此，老鹰队依然在坚守阵地。德莫特把球传给了汤姆，汤姆带球跑向了对方球门。可是，就在他射门的刹那，艾尔莎撞了过来，汤姆摔倒，趴在了地上。

大家都等着哨声响起，这肯定是犯规！北极熊先生大吼了一声，老鹰队的支持者们抱怨着裁判——可是比赛还在继续，现在漫游者队拿到了球。

"快来，汤姆！" 露西大喊。

汤姆一边爬起来，一边揉着膝盖。他看起来很恼火，亚瑟并不责怪他。那根本不是公平的拦截抢球！裁判怎么能没看见这种犯规动作呢？不过露西说得对——汤姆得赶快回到自己的位置，否则老鹰队将会面临真正的麻烦。漫游者队正在向前传球，而艾尔莎好像总是在恰当的位置上。尽管大家都在竭尽全力，但汤姆是唯一足够快又足够有技巧阻挡她的人。

当汤姆加速跑过球场，朝亚瑟的球门跑去时，老鹰队的支持者们为汤姆喝彩欢呼起来。一个漫游者队队员将球传入了禁区，艾尔莎准备好射门。亚瑟处在**红色警备**状态。汤姆的速度很快——但或许还不够快到能挡在艾尔莎和球门之间。他跟在她后面全力跑着，意识到自己没有时间了，于是他猛然伸出腿，想要把球抢回来。真是个**坏主意**。

艾尔莎尖叫着倒在了地上，球从她身边滚开了。

哨子响了。

罚点球！

亚瑟用手捂住了脸，他为汤姆难过，因为他能猜出汤姆的感受——艾尔莎之前的绊人真的很不公平。可是汤姆干吗要那么做？太冒险了，他在想什么？现在艾尔莎正在把球放在罚球点上，准备罚点球。现在她得分路上的唯一障碍就是亚瑟，这可真是太糟了。亚瑟大大地张开双臂，上下跳动，准备向各个方向扑跃。与此同时，北极熊先生扑通扑通在球场边线上走来走去，想尽可能地靠近球门。

当艾尔莎向后退、准备踢球时，亚瑟全神贯注地看着她。他听见尖厉的哨声响起。他注视着足球从空中飞来。他感觉到它轻轻擦过他的指尖，然后越过他的头顶，飞进了他身后的球网。

"进了！"艾尔莎挥舞着胳膊跳起来。

亚瑟跪倒在地，用双手捂住了脸。

韦克菲尔德队的支持者们欢呼着，老鹰队的支持者们全都礼貌性地拍着手，除了北极熊先生。北极熊先生非常不高兴，虽然他不太懂足球的规则，但是他知道这个球不应该得分。他扑通扑通走进球场，径直朝门网里的足球走去。

噗!

当北极熊先生锋利的牙齿咬住这只足球时,它发出了"噗"的一声响。

嘶嘶嘶嘶嘶嘶!

接着足球开始漏气。

可怜的北极熊先生惊慌起来,没有比嘶嘶声更让他讨厌的了,而且没有露西的耳机,他没法摆脱那声音。他剧烈挣扎,想把球从嘴里拿出来,可是他的爪子被门网缠住了,越是挣扎,越是难以挣脱。很快,他就被结结实实地捆在了里面,一动也不能动。

当老鹰队队员们聚过来试着帮忙时,漫游者们却抱着双臂哈哈大笑。

"看你干的好事,北极熊先生,"亚瑟说,"现在咱们真的惹麻烦了。"

裁判吹响哨子，亮出了红牌。"将那只动物弄出赛场！"他命令道。

"你不能把他罚下场——他不是球队的，"亚瑟说，"他并不了解情况。他只是头北极熊。"

"就算他是杀人鲸我也不管，"裁判说，"在比赛中这种行为是完全不允许的。"

亚瑟透过球网，轻轻抚摸着北极熊先生。他希望被捆住的是艾尔莎，那是她为绊倒汤姆应得的，是她为每件事应得的。

露西和汤姆帮亚瑟解开了纠缠的网，朱诺从车里取了工具箱来修理球门。

当他们弄好时，北极熊先生一动不动地趴在地上，

将那只动物
弄出赛场!

毛上沾满了泥土,

眼睛闭着。

"他还活着，是吧？"亚瑟说。

露西把耳朵贴近他的心脏，心脏怦怦地跳得很快。

"我告诉过你们，他不会带来好运的。"亚瑟说。

"没关系啊，"汤姆说，"只是一场比赛而已。"

可是真的有关系——亚瑟感觉得到，非常非常有关系，因为现在他们要输了。

亚瑟、露西和汤姆帮助北极熊先生走出了球场。利亚姆围着北极熊先生跳来跳去，大声唱歌，想让北极熊先生感觉好一些，艾尔莎这时正交叉双臂站着，小声对队友们说着什么。

亚瑟对自己很生气，对艾尔莎更生气。从现在开始，他不能让任何事影响自己比赛，就算利亚姆又唱又跳他也不在乎——他不再在乎别人怎么想。他所在乎的全部就是打败艾尔莎队，打赢这场比赛。

前半场露西射门得了一分，1比1平。下半场汤姆又得一分，比分变成2比1。老鹰队现在要做的就是守住这个比分。亚瑟希望比赛马上结束——只剩下几分钟时间了。当亚瑟看见漫游者队的队员们拿到球时，他的心开始扑通扑通地跳起来。他看着他们把球传过球场，朝他的球门踢来。现在艾尔莎又拿到了球，她看起来非常危险。后卫们在哪儿？亚瑟全身绷紧，他死死盯住艾尔莎，他不想让她得分，他不能让她得分，绝对不能。

球从她脚下飞出，

朝他的球门中央猛砸过来。

亚瑟飞身而起，做出一个猛烈的扑跃。他伸出手臂，手刚好够到了球，将它击飞了。他**救下**了这一球！

他真的救下了那个球！最后的

哨声吹响，比赛结束了。**老鹰队**

大获全胜。

亚瑟被他的队友们团团围住了——他们表扬他并向他祝贺。他听见球场边上传来妈妈和爸爸的喊声，然后他看见弟弟小小的身影跑进了球场。他把相机压在眼睛上，不断地停下来拍照。最后，他径直朝亚瑟走来，伸出胳膊紧紧抱住了亚瑟的腰。亚瑟认为这是利亚姆给他的最好的一个拥抱，也是时间最长的！

"谢谢你，利亚姆，"亚瑟说着笑起来，"你现在可以放开了。"

可是利亚姆什么也没听见，因为他还戴着露西的耳机。亚瑟真的不在乎了，跟北极熊先生一起经历过所有这些事之后，他想自己不会再感到难堪了。所以，当他四处寻找北极熊先生时，就任由利亚姆紧紧贴着自己。北极熊先生在哪儿？亚瑟确信比赛结束时在球场上看到过他，可是这会儿却哪儿都看不见他的影子。

"请注意！"
扬声器刺耳的声音响起来，

"一头巨大北极熊的主人请注意，

请火速到冰激凌车处，

这里出现了紧急情况！"

亚瑟瞪大了眼睛，他扯开利亚姆的胳膊，飞速朝离球场最远的那一角跑去。爸爸、露西和汤姆也跟在他后面跑起来。快到冰激凌车的时候，他们听到一片乱哄哄的喧闹声。一大群人正站在冰激凌车前面，围成了半圆形，他们叫嚷着，大笑着。亚瑟推开他们，挤到了人群前面，发现到处都散落着餐巾纸、棒棒糖和乱七八糟的东西。

"北极熊先生，你在干吗？"亚瑟大叫着，躲开了一个飞来的塑料盖。北极熊先生正把他的鼻子插在一只装着巧克力冰激凌的大桶里，从倒在周围的几个空冰激凌桶判断，这可不是他的第一桶。

"北极熊先生！"爸爸厉声说道。

北极熊先生抬起头，咧了咧嘴，冰激凌汁从他的鼻子上滴下来，白色的牙齿也糊上了一层棕黑色。

亚瑟好不容易才忍住没让自己笑出来。现在的情形很严肃。

爸爸试图把冰激凌桶从北极熊先生身边拿走，可是北极熊先生紧紧地抱着桶，把鼻子重新扎回了迷人的、冰凉的巧克力混合物里。亚瑟扑哧一声笑出来——他实在忍不住了——然后赶紧用手捂住嘴，假装在咳嗽。

冰激凌女士站在车窗前，看上去非常慌乱。"你得教教那头熊礼貌礼仪，"她说，"他必须要学会排队等着轮到他。他已经吃掉了我一半的存货，不吃的他就扔了，你得付钱，你知道——要是你不马上把他从我的车旁弄走，我就要打电话报警了。"她举起手机晃了晃。

亚瑟不笑了，他试着把北极熊先生弄走。爸爸赶紧拿着

钱包走到了车窗前。

北极熊先生停止了狼吞虎咽。

"这些冰激凌足够一天的量了，北极熊先生，"亚瑟说着，踢开那个已经空了的冰激凌桶，"再多吃的话，你会长蛀牙。"

北极熊先生的眉毛抽动了一下。

"我没有骗你，"亚瑟说，"你可以去问任何人。而且你得挪开，给别人让地方。你不是唯一爱吃冰激凌的家伙，你知道。"

北极熊先生垂下头，满怀希望地看了一眼冰激凌车。

朱诺正站在爸爸身后。"说到冰激凌，"他说，"我想我们全队应该得到一次款待，我来买单。"

老鹰队的所有队员都

欢 呼 起 来。

就连冰激凌女士也露出了小小的微笑——她看上去平静了一点儿。她数了数爸爸递给她的钱，把钱塞进钱匣子里，然后为朱诺服务。朱诺把蛋卷冰激凌

递给所有的队员后，还剩下一个。

"这个是利亚姆的。"朱诺说，"因为他是非常棒的支持者。"

利亚姆正忙着给北极熊先生咔嚓咔嚓照相，这头贪吃的熊正仔仔细细舔掉嘴边残留的每一滴巧克力。亚瑟从朱诺手里接过冰激凌，递给了利亚姆。

"这是你的，利亚姆，"亚瑟说，"是特别为你准备的，朱诺说谢谢你做我们最好的支持者。"

利亚姆笑了。

"别让北极熊先生吃掉，"亚瑟加了一句，"不然他会生病的。"

这是真的，北极熊先生看起来有点儿发青，对北极熊来说，这种情况可不多见。但

即便如此，仍然阻挡不了他满怀期望地望向利亚姆。

"不行！" 利亚姆坚定地说，然后转过身，背对着北极熊先生。

北极熊先生躺倒在草地上，轻轻地哼哼起来。

"我认为我们应该为我们的幸运吉祥物欢呼三声。"朱诺说，"一、二……"

"好哇，
好哇，
好哇。"

队员们大声喊道。

第8章

咔嚓咔嚓

回家的路上，利亚姆翻来覆去地摆弄着亚瑟的照相机，这渐渐让亚瑟烦躁起来。

"你现在可以把相机还给我了，要是你愿意的话。"亚瑟说。

利亚姆不愿意。

"我只是借给你的——你不能占为己有。告诉他，爸爸。"

"咱们尽量不争不吵地回到家，"爸爸说，"然后再解决相机的问题。"

亚瑟紧紧地闭上嘴，从后车窗向外看去，朱诺和露西正开着卡车跟在后面不远处。等他们都到了家，亚瑟留在外面帮忙卸下北极熊先生。他看起来完全不像早晨那样整洁干净，他的毛乱蓬蓬的，打了结，还带着淡淡的草绿色，身上溅满了泥巴，或者也有可能是巧克力冰激凌——很难分得清。

"星期一见。"露西说着挥了挥手。

北极熊先生举了举爪子，然后扑通扑通地走回车库，躺倒下来。亚瑟挨着他盘腿坐到地板上，轻轻抚摸着他的头。

"我想你吃了太多冰激凌，"亚瑟说，"别担心，你很快就会好起来的。"

北极熊先生呻吟着，亚瑟咯咯咯地笑起来。

"谢谢你今天尽力帮我。我知道你认为艾尔莎故意绊倒了汤姆，我们也是那么想的。但问题是，如果裁判没看见，你就做不了什么——还有，作为以后的借鉴，在比赛中间你不能跑进赛场，不能阻挡别人进球。"

北极熊先生眨了三下眼睛。

"但是，你和利亚姆非常了不起。也许露西说得对，他没准儿确实是我们最好的支持者。我想即使他做出什么怪事也没有关系——只要他高兴。一旦人们了解了他，就会知道，利亚姆就是利亚姆。我会在意是因为他是我弟弟，我没办法控制，是不是？"

北极熊先生把鼻子架在他的爪子上，亚瑟两手托着下巴。

"像艾尔莎那样喜欢制造麻烦的人才是最愚蠢的，我已经决定了，艾尔莎再也不值得担心了，特别是现在我们已经打败了她的球队！"

熊抬起头，用他凉凉的、湿湿的鼻子蹭了蹭亚瑟的鼻子。

亚瑟笑了："你知道你的鼻子有一股巧克力味儿吗，北极熊先生？"

北极熊先生斜着眼睛看了看，然后舔了舔鼻子——万一有呢。

"你感觉没那么糟了吧，"亚瑟说，"不然怎么还在搜寻残留的冰激凌呢！"

"亚瑟！" 爸爸在房子里喊道，**"你想过来看看利亚姆照的照片吗？** 他正往我的电

脑上下载呢，下载完你就可以拿回你的相机了。"

亚瑟感到精疲力尽，但是他想拿回自己的相机，而且也很想看看利亚姆照了些什么。还有，他敢打赌，北极熊先生以前从来没看过自己的照片。

"来吧，"亚瑟说，"给你看点儿东西。你会喜欢的。"

北极熊先生拖着沉重的身体，跟着亚瑟走进客厅。爸爸看着他们两个皱起了眉头："我觉得把北极熊先生带进来可能不是个好主意。他肯定会撞翻东西的——实际上他可能会撞翻所有东西。"

"可是他也想看照片啊。"

利亚姆在他的椅子上跳上跳下，还拍起了手。

"北极熊先生，
北极熊先生。"

他反复喊道。

"好了，好了，"妈妈说，"我想咱们挪开几样东西，就能应付得来。"

爸爸翻着眼珠。妈妈和亚瑟挪走了一对台灯和妈妈收集的瓷器小鸟，爸爸推开一把椅子，让空间变得更大一些，然后全家人，包括北极熊先生，都凑到电脑边。

"有多少张照片啊？"妈妈问，"怎么还没下载完。"

"一百五十七张。"爸爸说。

亚瑟吃惊地吸了口气："天哪，利亚姆！一百五十七张？简直疯了。"

利亚姆全神贯注地盯着电脑，他喜欢电脑。他按动鼠标，点开那些照片。

一张北极熊先生的照片占满了整个屏幕。北极熊先生吃惊地向后跳去，然后瞪着照片上的北极熊，发出了低吼。

"是你啊，笨熊。"亚瑟说。

出现在屏幕上时，他渐渐咧开了嘴。

"你很上相，北极熊先生。"妈妈说着笑起来。

利亚姆继续点开照片。这时，出现了北极熊先生在足球赛上的照片，最开始的几张是北极熊先生正在球场外跳舞，然后是艾尔莎射门后北极熊先生走进了赛场，然后是他用牙齿咬住了足球。当打开北极熊先生被缠在球网中的照片时，北极熊先生捂住眼睛，大声地喷了一下鼻子，然后躲到椅子后，把脑袋藏到了一个坐垫下。

"老天，"爸爸说，"某个家伙还挺敏感啊。"

亚瑟弯下腰，掀开北极熊先生的垫子一角："没关系的，没必要让你的毛都立起来。我们可以删掉你不喜欢的照片，来看看别的。"

可是北极熊先生的毛还是立着，他再也提不起来一点点兴趣继续看照片——包括那些有趣的照片。他一直扭着头不看屏幕，然后偷偷溜回了车库。亚瑟想跟出去，可是妈妈伸手拦住了他。

"让他自己待会儿吧，"妈妈说，"北极熊通常是喜欢独居的动物。我想他这一天已经够兴奋了。"

亚瑟耸了耸肩。他朝门口瞥了一眼，他不愿意让北极熊先生不高兴。

爸爸和利亚姆快速点完了照片，利亚姆拔下相机和电脑的连线，把相机递给了亚瑟，然后跳下椅子，走出了房间。

"利亚姆和北极熊先生让今天变得格外有趣。"爸爸说着，开始回看那些照片，亚瑟挨着他坐下来。没过多大会儿，两个人就笑弯了腰。

"有些照片太有意思了，"爸爸说，"看看这张……还有这张！"爸爸停在一张北极熊先生用鼻尖让球保持平衡的照片上，"我的意思是，这张照片是那种我们可以拿去参加趣味足球摄影比赛的照片，还有谁能有北极熊炫球技的照片呢？这绝对是独一无二的——而且会逗笑每一个人！"

亚瑟吃惊得张大了嘴巴。爸爸刚刚说的话不就是他先前想说的吗？"我们可以吗？"他恳求道，"我们真的可以吗？还不太晚，但咱们得快点儿，大赛报名

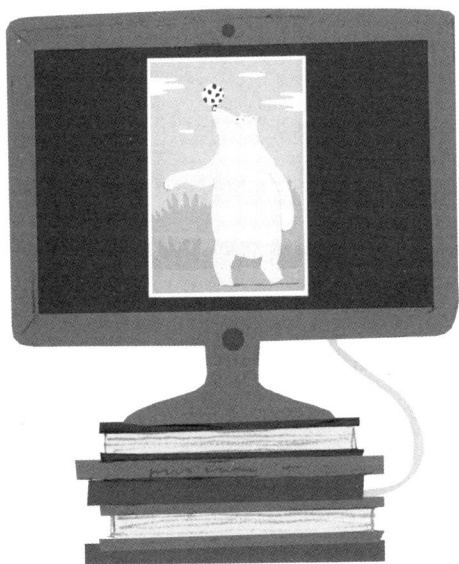

截止日是明天——我记得他们上周是这样说的。我们能赢到足球杯决赛门票！"

足球杯决赛

亚瑟唱起来，在椅子上左右摇摆。

"一步一步来，"爸爸说，"我们参加了，并不代表我们就能赢。"

"可是咱们会赢的，"亚瑟说，"总有人会赢。"

爸爸咧嘴笑了。

"而且去看足球杯决赛真是**棒极了**。"亚瑟说。

"那会很有趣——尤其是带着一头北极熊。"爸爸说，"不过暂时不要告诉别人，这是咱俩之间的秘密。"

第 9 章

倒计时

您的参赛作品
已经被接收。
获胜者
将于
周六中午 12 点
通过电子邮件收到通知。

"弄好了，"爸爸说，"现在咱们能做的就是等待了。"

亚瑟简直无法把眼睛从电脑屏幕上挪开。他怎么能做到等整整七天呢？他甚至不知道该怎样挨过接下来的七小时——连七分钟都很难。想想吧，要是赢了会怎样？他能想象出北极熊先生围着他的城市足球队围巾去看足球杯决赛的样子。没准儿他还能成为城市幸运吉祥物？

他迫不及待地想要跟什么人分享。或许他可以跟北极熊先生提提这事，因为北极熊先生是不会跟人讲的。但他也许不该说，也许应该等等看他们是否能赢到门票。如果他们赢了（也有可能赢不了），如果赢了的话，他就可以给北极熊先生一个有生以来最大的惊喜了。

亚瑟一路跳着舞走向车库，去看他那有点脾气的熊。他希望北极熊先生现在已经忘了那些让他尴尬的照片。不知道北极熊的记忆力好不好。还没打开门，亚瑟就听到了北极熊先生震耳欲聋的鼾声。他悄悄地走进去，看着那头平静的北极熊，看了好几分钟。真实的北极熊先生比任何一张照片都好得多。

"晚安，北极熊先生，"他轻声说道，"美美地睡吧，希望蜘蛛不要来咬你。"亚瑟微笑着关上门，没有发出一点

儿声响。

他跑回自己的房间，拿起他的幸运水晶，许了一个愿："我希望能赢得趣味足球摄影比赛。"他把幸运水晶压在枕头底下。现在他的嘴被封上了，他不能告诉汤姆或露西或任何人，因为妈妈总是说，要是你把许的愿告诉了别人，那个愿望就不会实现了。

不过，他可以告诉他的日记——日记当然不算吧？他认为自己得做点儿什么，才能挨过下一周！于是他把日记本从它的秘密藏身处拿出来，翻到一张空白页，在最上方写道：

比赛倒计时

然后又在最底下写道：

最高机密

看着眼前空白的纸页，他突然有一种非常可怕的感觉：这将是整个宇宙历史中**最　漫　长**的七天。

星期天，全家人去了利亚姆最喜欢的地方——飞行博物馆。

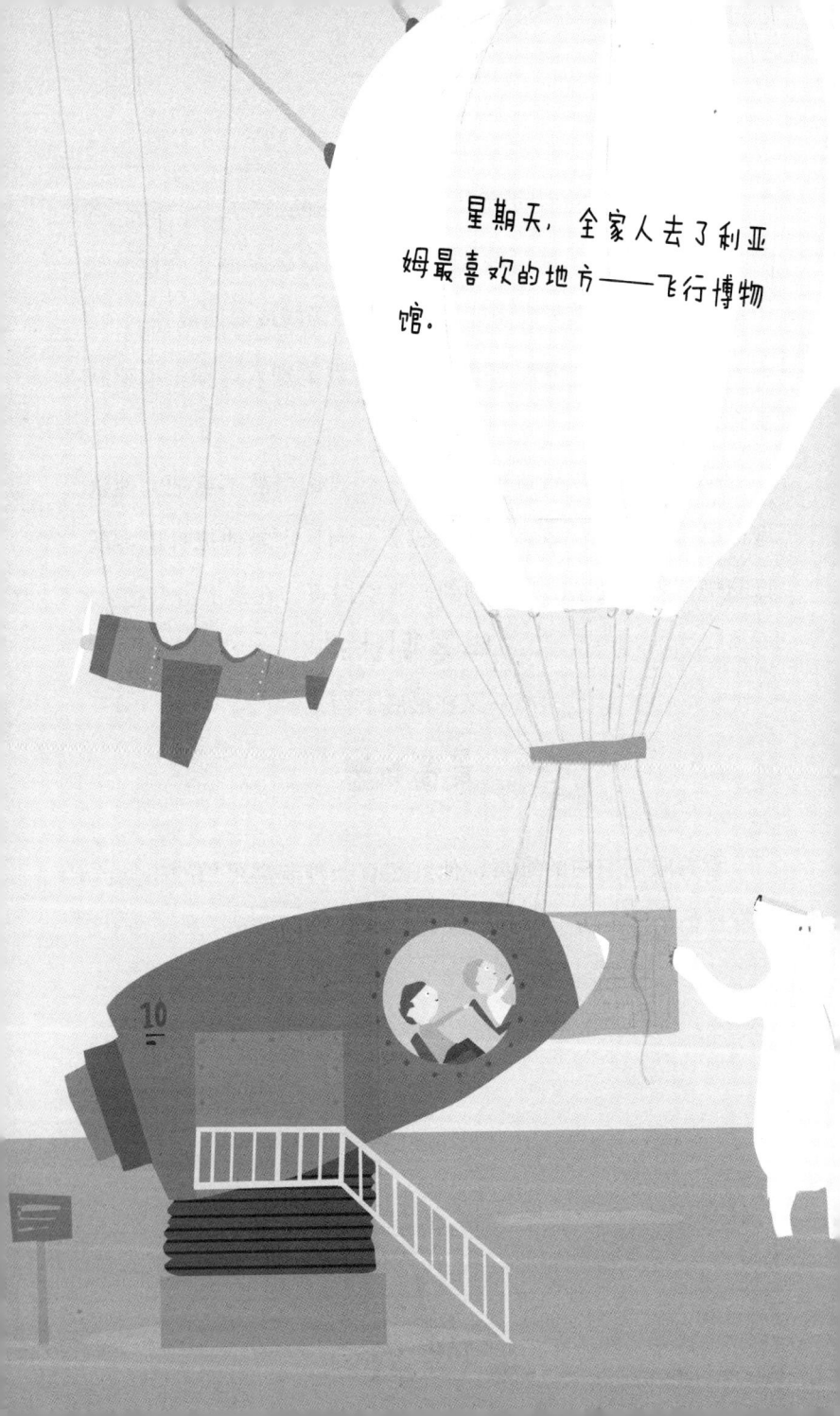

星期一，爸爸给利亚姆和北极熊先生买了跟露西一模一样的耳机。

星期二，我说服妈妈和爸爸，
让利亚姆乘巴士去学校。

星期三，放学后，妈妈带我、利亚姆和北极熊
先生去了街区超市。

星期四，利亚姆的生日。

他想要的就是一个专属于自己的足球，所以我就送了他一个。

星期五，我、利亚姆和北极熊先生
在学校大会上得到了"北极"主题的"优
秀作品"奖。

再睡一觉!
明天就是重大的日子。

啊哈哈哈哈哈哈哈。

星期六早上，亚瑟醒过来，心里感到七上八下的。这将是有史以来最好的一天——也有可能是最糟的一天。亚瑟很想知道还能做些什么好给自己带来幸运。他把裤子前后反穿，又把衬衫里外反穿——他确信爷爷告诉过他，这样可以带来幸运。他穿好衣服，把幸运水晶放进衣服口袋，然后跑下了楼。

利亚姆正和北极熊先生在花园里，妈妈在读报纸，爸爸在准备早餐。

"你检查电子邮件了吗？"亚瑟问道。

爸爸笑着说："我想还有点儿早，你说呢？"爸爸偷偷冲亚瑟眨了眨眼睛，没让妈妈看到。亚瑟也挤了挤眼睛，又握紧了拳头，好让兴奋感不从身体里爆发出来。

这个早晨慢吞吞地过去了。这可是头一次利亚姆很平静，而亚瑟却无法保持平静。爸爸带他们去公园，可是亚瑟不想玩，他跟北极熊先生绕着池塘走了三圈，然后看着利亚姆在秋千上一前一后、一后一前地荡了快有一千次。利亚姆拒绝下秋千，所以出了点小状况，最后是一路骑在北极熊先生的背上回家的。等他们走到屋子的前门时，时间刚好差七分到十二点。

亚瑟冲进客厅，打开电脑，然后和爸爸挤在一起，凑近电脑屏幕。

"如果咱们没赢，你可不要失望啊。"爸爸小声说道。

亚瑟轻轻地点了一下头。

"我们获胜的机会几乎是零。"爸爸举起食指和拇指做了个"0"的形状。

"几乎。"亚瑟一边说，一边点开爸爸信箱里的那封未读邮件。那是一封枯燥无聊的邮件，根本没有提到"足球杯决赛"或"获胜者"。他知道，每次有新邮件来，爸爸的电脑都会发出"叮"的一声响，他等待着那充满魔力的"叮"。寂静向四周蔓延蔓延再蔓延。亚瑟不停地看他的手表，不

停地摆弄口袋里的幸运水晶。还有三十秒就到十二点了……
二十秒……十秒。他闭上眼睛，交叉十指。

来吧!

来吧!

叮!

声音非常小，但亚瑟差点儿从椅子上掉下去。爸爸用手
捂住嘴，打开了邮件。

恭喜!

亚瑟的脑袋里响起嘶嘶的冒泡声。

"我简直不敢相信!"爸爸吸了一口气。他把手插进头
发里，又眯起眼睛看了看邮件，然后跳了起来。爸爸和亚瑟
转啊转啊跳起了舞。

"我们赢了，我们赢了，我们赢了!"

三张决赛票，贵宾车接送，跟球队见面，简直比亚瑟最疯狂的梦还要疯狂。就等告诉北极熊先生了。

妈妈出现在门口。"出了什么事？"她说，"我们中彩票了？"

"比那还好，"亚瑟说，"我们赢了趣味足球摄影比赛！"亚瑟一口气说道，"我们发了一张北极熊先生的照片。"

妈妈看着爸爸，爸爸耸了耸肩膀。"我们还以为会是个笑话，"爸爸说，"没想着会赢，不过我们确实赢了——过来看看吧！"

妈妈惊讶极了，她快速地拥抱了一下亚瑟，便靠过来看邮件。她笑起来："足球杯决赛票，真是难以置信！"

"我得去告诉北极熊先生。"亚瑟说。

"等等。"妈妈

说着，用手拉住了亚瑟。她又重新读了一遍邮件。

"怎么了？"亚瑟问。

"你们赢了三张门票？"妈妈问，"我想知道该谁去呢？"

爸爸看着妈妈。

"必须要有一个成人陪同，"爸爸说，"所以我猜那就是我，因为考虑到你并不热衷足球运动。然后我会带亚瑟和北极熊先生一起去。"

"可是利亚姆怎么办？"妈妈说，"毕竟照片是他照的，把他排除在外好像很不公平啊。"

亚瑟停止了摇晃，他的兴奋减少了一点点。

"我们不会真要带利亚姆去吧？"爸爸说，"面对现实吧，他真的很难应付人群和噪声，足球杯决赛的场面可是**相当大**。"

妈妈看了看窗外，利亚姆正试着跟北极熊先生玩足球。

"我好像记得咱们说过，他很难跟一头北极熊相处，还有他无法戴耳机或坐巴士去学校。"她说，"可是这些日子以来，他好像一直在找应对这些问题的办法。咱们总是说，必须对两个男孩一视同仁。你们离开去看他喜爱的球队打决赛时，我可不想成为那个向他解释为什么他被留下的人。"

亚瑟低头看着自己的脚："可是，如果爸爸带我和利亚姆去的话，北极熊先生怎么办？"房间里充满了犹如一头北极熊那么大的沉默，"我们不能把他排除在外，没有北极熊先生我们就没有照片。那看起来也不够公平。"

"你们参赛前就应该考虑到这些，"妈妈说，"你们肯定知道只有三张门票。"

"我们根本没料到会赢。"爸爸的嗓门儿提高了。亚瑟痛恨爸爸妈妈争吵。

妈妈气呼呼地抱紧了双臂："很好，现在咱们有个问题要解决，不是吗？"

亚瑟不想看妈妈和爸爸，他希望这个问题能够消失。妈妈在他面前蹲下来，手放在他的肩膀上。"对不起，亚瑟，"她说，"我知道你有多兴奋——我们只是需要弄清楚该怎么做，仅此而已。"

"我要去跟北极熊先生谈谈，"亚瑟说，"他会知道该怎么做。"

亚瑟迈着重重的步子走出了客厅，与此同时，他的弟弟正蹑手蹑脚地走进来。利亚姆一定听到了他们的争吵，因为他正在做表示自己心烦的动作——前后摇晃。"你没事吧，利亚姆？"亚瑟说。他知道他还是不要期待回答比较好。

亚瑟大步走进车库，嘭的一声关上门。北极熊先生小心翼翼地看着他，亚瑟深吸了一口气。

"我来是想告诉你，我们赢到了三张去看足球杯决赛的票。"他说，尽量让声音听起来高兴些，"爸爸和我把一张你的照片发给了趣味足球摄影比赛。我一直保守着这个秘密，因为我想给你一个惊喜。"

北极熊先生把头歪向一边听着。

"我已经决定了，让爸爸带着你和利亚姆去——因为要不然就会不公平。"即便这些话已经颤抖着从他嘴里说出来，他仍然感到自己嫉妒得想吐。

北极熊先生坐下来。

"你应该兴奋才对啊，"亚瑟说，"你没明白吗？这差不多是可能发生的最棒的事了。"

北极熊先生几乎什么反应也没有。亚瑟感到非常泄气，他踢了一脚他看见的最近的东西——恰好是北极熊先生的手提箱。手提箱倒了，发出嘭的一声响，亚瑟的脚趾踢得很痛。

"你干吗把手提箱放在地板中间？"亚瑟走过去，把手提箱拎起来，想把它放回架子上。可是手提箱太重了，根本没法举上去，还散发着淡淡的鱼腥味儿。亚瑟开始感到心神不安，有什么事不对劲儿。

北极熊先生抬起大大的黑眼睛看着亚瑟的脸，亚瑟觉得自己能看见泪水正从北极熊先生的毛上慢慢滚落下来，流到了他的鼻子上。

"北极熊先生？"

北极熊先生眨了三下眼睛，向亚瑟伸出了一只爪子。爪子尖上挂着手提箱上的地址标签。

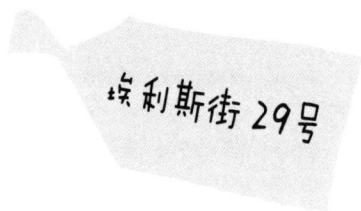

埃利斯街29号

亚瑟微笑起来："哦，是这个问题吗？你的标签掉下来了，别担心，我马上就重新系上去。"亚瑟弯下腰，然后他的微笑变成了紧皱的眉头。北极熊先生的手提箱上已经有标签了，一个新的标签，上面写着：

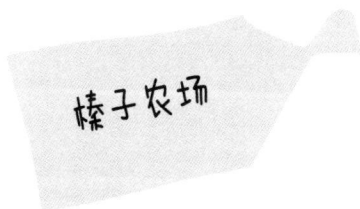

榛子农场

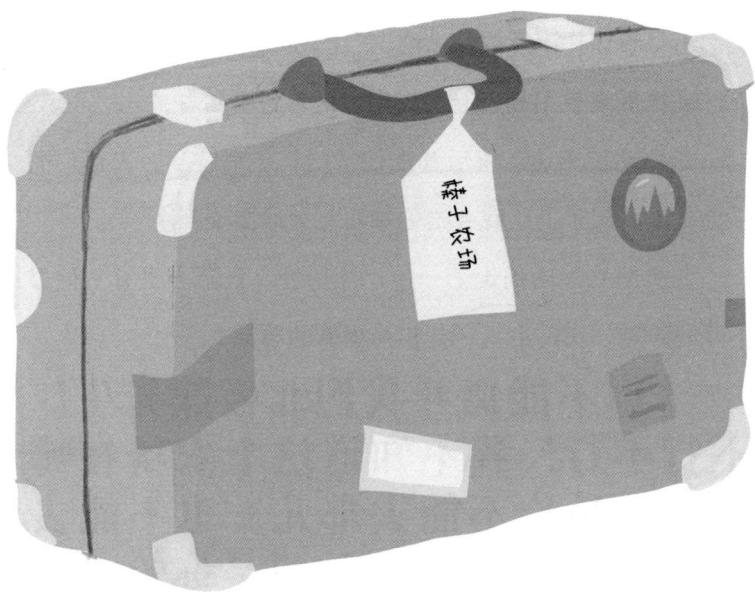
榛子农场

就亚瑟所知，这附近没有任何农场。

亚瑟张开双臂抱住了熊的脖子。

"哦，北极熊先生！

你听到我们为那些愚蠢的门票争吵了？很多家庭有时候都会这样——或者不管怎样我们家是这样的。你不用担心，我们不是想让你离开或什么的。"

北极熊先生用嘴叼起手提箱，面对亚瑟站着。

亚瑟动作迅速，用后背抵住了门："别傻了，去把你的手提箱放回架子上，我会给你拿巧克力冰激凌来。"

北极熊先生向前走了一步，等待着。亚瑟心里有一种很不好的感觉，实际上是一种相当糟糕的感觉。

"你不能离开我们北极熊先生！不行不行！我不知道这个农场在哪儿，但是你不能去那儿，也不能去其他任何地方。现在这里是你的家。"

北极熊先生静静地站着，甚至连眼睛也不眨。他凝视着亚瑟的眼睛，亚瑟也看着他的眼睛。突然，亚瑟明白了……北极熊先生真的要离开了。他想说话，可是嗓子像是被什么堵住了，他说不出来。大大的泪珠从亚瑟的脸上滚下来，北极熊先生伸出粗糙的蓝舌头，非常非常温柔地舔掉了。

"你以前去过农场吗？农场适合牛、羊和猪，那里不适合北极熊。

你在听我说话吗？"

北极熊先生眨了三下眼睛，把他的爪子放在亚瑟的肩膀上，微笑着。他们就那样面对面站了一会儿，直到亚瑟试着回了一个颤抖的微笑。

亚瑟的脑袋里有个声音在告诉他，必须得放北极熊先生走。如果这只熊下定了决心，不管是亚瑟还是别的什么人，都绝对无法阻拦他。

亚瑟打开车库的门，站到了一边。他陪北极熊先生走出过道，向院子的前门走去。北极熊先生突然闯进这条过道——闯进他的生活——仿佛是昨天刚刚发生的事。妈妈、爸爸和利亚姆正在客厅里，亚瑟能听见利亚姆正发出快乐的火箭飞行声音。

北极熊先生把爪子放在嘴唇上，好像在说**"嘘嘘嘘"**。

亚瑟努力克制着不让自己哭出声来，他咽下一声声抽噎，下巴在不停地抖动。他双手颤抖着打开门闩，将前门开大。

"再见，北极熊先生，"他小声说道，"我无法相信你真的要走了。"

北极熊先生用自己湿湿的鼻子蹭了蹭亚瑟的湿鼻子，然后他站起来，一步一步地走了出去。他停下来嗅了一会儿空气，那巨大的、毛茸茸的身体占满了整个门口。然后，他沿着街道走了，手里拎着他的手提箱。

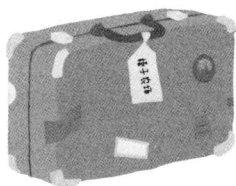

第 10 章
抽泣

亚瑟心中震惊不已，他不想跟任何人说话，所以径直走回车库，坐在地上。这里又大又空，仿佛被遗弃了。他从地板上捡起一根细细的北极熊毛，放在手指间轻轻捻着。他一直坐到屁股发麻，一直坐到妈妈走进来给了他一个拥抱。那拥抱告诉亚瑟，妈妈知道有什么事不对劲儿了。

"北极熊先生走了。"亚瑟说。

"走了？"妈妈问，"你确定？"

亚瑟悲伤地耸了耸肩："他的手提箱上有了一个新地址，榛子农场。"

"啊。"妈妈说。她环顾空荡荡的车库，叹了口气。

"你知道榛子农场吗？"亚瑟问。

"不是很清楚，不过我有一种感觉，也许那是一个只有北极熊才能发挥作用的地方。"亚瑟用袖子的背面擦了擦眼睛，又吸了吸鼻子。他不太理解妈妈的意思："他会回来的，是吗？"

妈妈将亚瑟抱得更紧了一些："不，我不敢保证他会回来。"

"是你让他走的吗？"亚瑟说着，惊恐地将妈妈推开。

妈妈摇了摇头："我想没有人能告诉北极熊先生该做什么事，他自己知道该做什么。"

亚瑟皱着眉头，想把脑袋里乱糟糟的一团思绪理清楚。

"那是我做错了什么事吗？"

妈妈跪在亚瑟面前的地板上，握住他的手说："没有，你没做错任何事。你把他照顾得非常好。你是北极熊先生的好朋友，北极熊先生也是你的好朋友。看看你们经历过的冒险，还有我们学到的全部。我想他只是意识到你不再需要他在身边了，那对他来说就是时候离开去敲开别人家的门了，因为有人比你更需要他。"

"利亚姆比我需要他。"

"可是北极熊先生知道，你们现在可以彼此互相照顾了。"

就在这时，门嘎吱一声开了，利亚姆走进来。他紧挨着亚瑟坐下来，腿几乎碰上了亚瑟的腿。

"你也爱那头熊，是吧？"亚瑟说。

利亚姆把胳膊抱在胸前，慢慢地前后摇晃起来。亚瑟第一次觉得他能体会到利亚姆的感觉了。

"看起来现在就只有你和我了，"亚瑟说，"我想这就是北极熊先生希望的。"

利亚姆继续摇晃着，亚瑟希望自己能做点儿什么让他高兴起来。

"你想跟我和爸爸去看足球杯决赛吗？我不是说从电视上看，

我的意思是

真的

去看。"

利亚姆停止了摇晃。

"亚瑟，"妈妈用警告的语气说道，"我们也许应该先讨论一下。"

"我在讨论，"亚瑟说，"和利亚姆。你喜欢看足球赛，

对吧？这就像之前的足球比赛一样，只不过稍大一些——稍微拥挤一些——或许还稍微吵闹一些。不过会非常非常有趣，比你看过的任何足球赛都有趣。你可以戴着你的耳机，带着我的相机，我们可以唱所有喜欢的足球歌。”

利亚姆开始低声哼哼。

“亚瑟！”妈妈说。

“没有理由浪费一张票，”亚瑟说，“没有理由让北极熊先生白白离开。”

亚瑟举起手，向利亚姆伸过去：“击掌？”

“击掌。”利亚姆说。

“我希望你们两个知道你们在做什么。”妈妈说。

第 11 章

好极了！

　　大型露天足球场里挤满了人。亚瑟、利亚姆和爸爸坐在他们的专座上。

　　亚瑟衣服口袋里放着他的幸运水晶，这让他感觉自己跟北极熊先生离得很近。

　　利亚姆耳朵上戴着他的耳机，手里拿着亚瑟的相机，正在用最大的声音哼哼着。不过他没事——目前看来。

　　播音员的声音在足球场里回荡着：

"让我们来热烈欢迎
我们趣味足球摄影比赛的
获胜者
——利亚姆和亚瑟·马洛兄弟，
他们的获奖照片是北极熊先生。"

一张北极熊先生顶球的照片突然出现在大屏幕上，露天足球场里爆发出一阵巨大的欢呼声，人们都在大笑和鼓掌。亚瑟轻轻地推了推利亚姆，指了指屏幕。

看见北极熊先生的瞬间，利亚姆就站起来开始跳舞。摄像机正好拍摄到了利亚姆和亚瑟坐的 VIP 坐席，利

亚姆和亚瑟突然出现在大屏幕上。亚瑟的脸一下子红了，他用力拉利亚姆的衬衫想让他坐下，可是利亚姆正在极其投入地自娱自乐。管他呢？亚瑟也站起身跳起了舞。

当球队跑进赛场时，球场里响起了一片巨大的欢呼声。亚瑟看着利亚姆双脚不停地跳来跳去。有一个普普通通的弟弟说不定会很无聊，而有一个不普通的弟弟却要令人兴奋得多——大多数时间。

哨子吹响。

比赛开始了。

亚瑟希望北极熊先生能够看见……

无论他在哪儿!

利亚姆和我还在想念北极熊先生。要是我可以写一封信给他，我会这样写：

亲爱的北极熊先生：

　　谢谢你来到我们身边。我们希望你仍然在这里，我们非常非常想念你。希望你在榛子农场能够开心，可是我想你不会像喜欢埃利斯街29号那样喜欢它，所以我把你的东西留在了车库里，万一有一天你想回来呢。我想蜘蛛也会想念你的。（哈哈哈——只是个玩笑。）

　　我、利亚姆和爸爸在足球赛上非常愉快。他们在大屏幕上放了你那张获奖照片——你真应该看看。

　　求求你有一天回来看看我们吧。

爱你的亚瑟

亲亲抱抱

（蹭鼻子）　　　（熊抱）

另：利亚姆现在每天坐巴士去学校了。

又另：艾尔莎邀请我去参加她的生日派对！

（我还没有决定去还是不去——你觉得呢？）

又另：我希望我可以把这封信寄给你。

　　然后亚瑟合上他的日记本，把它藏回了那个非常秘密的地方。

关于作者

　　玛利亚·法雷尔和她的丈夫还有宠物狗住在萨默塞特郡牧场中央的房子里，她曾经生活在新西兰的一个小农场里，有一群羊、一群牛、两头表现不好的猪，还有一只当她写作时总是站在她头上的虎皮鹦鹉。她受过语言治疗师和教师的训练，之后修完了为青少年写作的文学硕士学位。她热爱语言，热衷阅读和给所有年龄段的孩子写书。她喜欢骑自行车到陡峭的山顶，这样可以能有多快就有多快地冲下来。她还热爱登山、滑雪和探险，她的梦想是有一天能去北极，亲眼看一看自然环境中的北极熊。

关于绘者

　　丹尼尔·莱利是住在里斯本的一位英国自由插画家。在伯恩茅斯艺术大学学习后，他在澳大利亚进行了一次徒步探险旅行。之后在伦敦工作了三年，他决定离开英国，去阳光灿烂的葡萄牙。过去的几年里，丹尼尔一直从事着广告、版画、卡片设计和童书的插画工作。

　　丹尼尔不画画时，你可能会发现他在冲浪、用一部老相机照相，或者在玩新发现的踏板运动。

令人惊奇的北极熊

北极熊看起来是白色的，但它们的毛其实是透明的。粗且中空的毛反光后，使北极熊看起来就像穿了一件雪白的外衣——在全是雪的环境下，这是一种非常棒的伪装。

在皮毛之下，北极熊的皮肤是深蓝发黑的颜色，这可以帮助它们吸收阳光的热量，它们的舌头也是蓝黑色的！

北极熊相当适应北极的寒冷环境，它们常常会感到很热，不得不在雪地里滚来滚去降温。

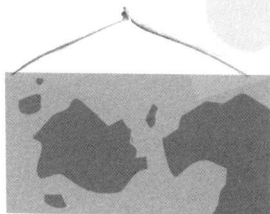

北极熊有着又大又粗糙的爪子，约有三十厘米长。这样的尺寸可以帮助它们分散压在薄冰上的重量，爪子的粗糙表面还可以像鞋子一样，防止它们滑倒。

鼻子蹭鼻子的问候是一头北极熊向另一头北极熊询问某些事——比如食物——的一种方式。

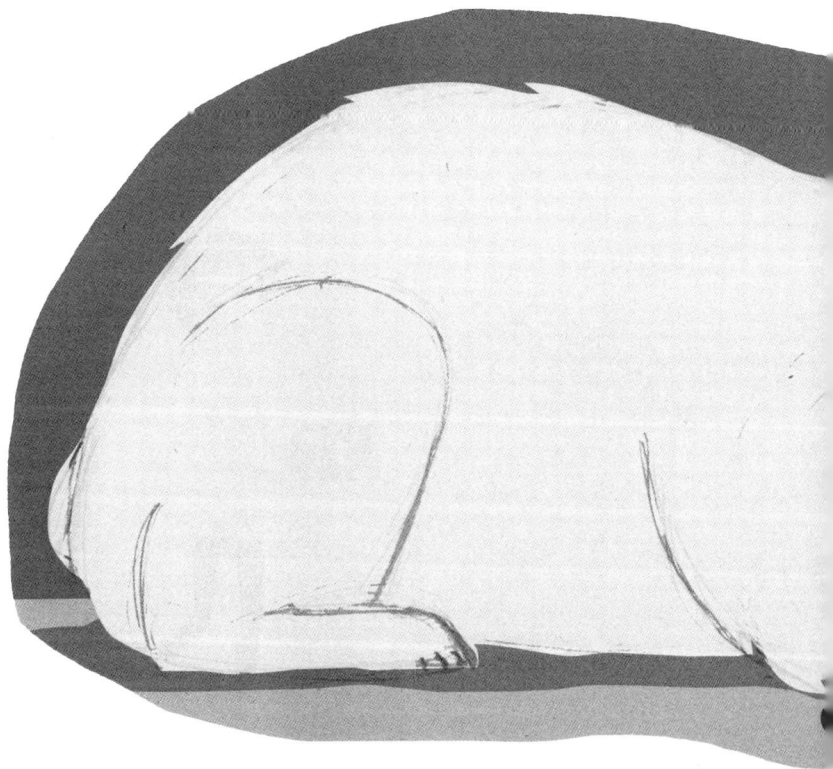

大多数北极熊可以一连睡上七八个小时，它们也打盹儿。从睡觉方式来看，它们很像人类。

一头刚出生的北极熊宝宝的重量跟一只成年豚鼠差不多。

了解本系列其他作品

神奇的北极熊先生之露比的星星

露比的爸爸离开了家，妈妈心力交瘁。露比要照顾妈妈，还要帮忙照顾咿呀学语的小弟弟，她的肩上担负了太多责任，甚至影响到了她的学习，她向往已久的滑板梦也似乎永远不可能实现……北极熊先生的到来改变了这一切。尽管不会说话也没有超能力，但他有着最温暖的熊抱……准备好遇见这头世界上最乐于助人的北极熊吧！

神奇的北极熊先生之乔的新世界

因为爸爸的工作变动，乔一家不得不搬到了另一个国家。爸爸妈妈希望乔能喜欢这里，但乔只是更加想念原来的一切——那一群总是支持他的老朋友，还有他自己的乐队！而在这个新世界，一切都如此不同，他担心没人接受自己、喜欢自己。不过，在机场偶遇的一头北极熊，似乎要给这个新世界带来一些意外的惊喜……